SELECTED POEMS OF PATRICK LANE

雷恩诗选

[加拿大] 帕特里克·雷恩 ———— 著

襟园阿九 ———— 译

华东师范大学出版社
上海

华东师范大学出版社六点分社 策划

We acknowledge the support of the Canada Council for the Arts for this translation.
感谢加拿大艺术理事会对本书提供的翻译资助

主编 赵四

编委 赵四
大流士·莱比奥达（波兰）
雷纳托·桑多瓦尔（秘鲁）

写在前面的话（代序）
点点

1

荷马史诗，是一种"史记"的写作。用"荷马"来命名诗歌奖，与当今世界林林总总的诗歌奖相较，颇有一分古今之争的意味，也许这是欧洲人试图拯救诗歌传统的念想，至少象征一种对欧洲盛行历史虚无主义的抵御。

2

中国诗人喜好起笔名，于是汉语诗坛上有了一堆风生水起的笔名。每每谈及，几分怪诞，几分神秘。有一个女子，硕士班里10个同学，她恰好排行第四，于是诗坛上就多了一个笔名：赵四。

赵四，博士，诗人，编辑。热情，干练，率真。2017年，她受邀担任欧洲诗歌暨文艺"荷马奖章"评委会第一副主席，并萌生了将一些适合中国读者的获奖诗歌迻译成汉语的想法。于是，有了"荷马奖章桂冠诗人译丛"的问世。

赵四，这套诗歌译丛名副其实的主编，她遴选文本，联系版权，组织译者，并亲自参与翻译。她对汉译本诗集犹如她在《诗刊》做编辑及主持《当代国际诗坛》的工作一般认真把关。她自己写诗，自己译诗。一篇《译可译，非常译》

的文论是她多年译诗的串串心得,从中你可以感受到她的学养和历练。

3

瓦雷里(Paul Valery)曾言辞雷霆:是波德莱尔将法语从三百年只有散文(essai)而无诗的状态中解救了出来。瓦雷里实际上提出了现代诗歌的标准:将词的创造附着在现代性的个人经验之中。诗不是用念头写出来的,而是用词的节奏来传达表现的(马拉美语);直至诗人保罗·策兰(Paul Celan)在绝望中写下了《死亡赋格》的绝唱,哲学家阿多诺(T. W. Adorno)竟然能从策兰创造的词语中听到二战集中营"尸体"发出的尖叫声响!阿多诺在提醒诗人,诗不只是到语言为止……

有人言,现代诗歌始于波德莱尔,终于保罗·策兰。如今全球诗界同行大抵在不同的国度、不同的纬度、不同的时空,用不同的语言写着同一种诗歌,他(她)们相互取暖,彼此捧杀,这是当今中外诗人的残酷处境。

现代诗歌,崇尚启蒙运动的语言及语言的节奏,诗人的思想语法不断地制造出一种"政治正确"的趣味。精致和极端是现代诗歌的特质,宛如对自己施暴依旧保持着一种"哀雅"的风姿。精致的尽头,是自恋自虐自慰的欣赏;极端的反面,是枯竭平庸肤浅的释放。诗歌与诗人分裂了,诗歌的"美"与诗人的"德"分离了。

阅读现代诗歌,我们不仅需要保有一份热情和执著,也必须同时保持一份清醒、自觉。因为诗歌作为语言的皇冠,可以藏龙卧虎，但正因为是皇冠，也是藏垢纳污的好地方。

4

在自媒体泛滥的互动时代，AI机器人也开始写诗了，并且登上了银屏和舞台，诗人的桂冠逐渐被剥夺或取消了，诗人作为一种精神贵族的象征逐渐丧失梳理自己羽毛的能力，诗歌对人的"压迫"或"催眠"也终将被消解。

我曾向诗人萧开愚求问：诗歌死了？他的回答是肯定的。但他，他还在写作……我突然明白，诗歌的"葬礼"还在"进行式"中……出版以"荷马"命名的诗歌，是我们这一代人"怕"和"爱"的坚持，是我们一代人向"诗歌"行一个注目礼。

是为序。

授奖词

作为加拿大当代最重要的诗人之一,在逾半个世纪的诗歌创作生涯中,雷恩以全部诗篇写下了自己耀眼夺目的身份证明:道德的和诗歌的天才。在雷恩笔下,由人所主导的粗暴残忍的丛林法则世界及其中的艰难时日、万物境况拥有冰天雪地下之大地顽石的粗犷质朴,其苦涩的诗行中满溢生命之赖以持存的盐之味,冷峻的诗意使得"质朴"成为赋予"存在"之冷酷仙境以精神形式的当代范例,其调性丰富的诗行间最感人的高大形象,是一位仿佛立于北美旷野的现代摩西在以其旷古以来的诗性声调向我们展示人之坚忍,唤回被消声者由来已久的尊严;诗人在世界从不缺席的残酷与恩顾之两重性面前,最终上升到去爱与尝试赞美,立应和美之恩典的新声为恒久忍耐之新法;这位当代典范的诗人终其一生不屈不挠地梦想、实践着以言词改变视野,铸人为完美的生物并使其因此变形而获致永生。

赵四　执笔

目　录

序一　帕特里克·雷恩是我的朋友
　　洛尔娜·克罗齐········1
序二　伤口化为玫瑰——2019荷马奖章颁奖记
　　赵四········1

六十年代诗选

卡尔加里市监狱········3

象群········4

野马········7

因为我从没学过········9

火草草籽········10

昨夜黑暗中········12

十年记········14

给在精神病院的丽塔········15

七十年代诗选

太阳开始吞噬群山········19

鸟········21

羊外腰········22

垃圾场········24

留神火月，十二个火月归拢一年········25

向风暴嬗变········27

1

之后（1973）……… 29

入睡是黑暗生发的沉默……… 31

我们聊起女人……… 34

想到那个竞赛……… 37

静猎……… 39

白山……… 40

十月……… 41

未出生的事物……… 42

马丘比丘……… 44

那个男人……… 51

那个女人（1975）……… 53

她……… 55

波哥大的孩子……… 56

农民……… 57

库斯科的麻风病人……… 59

在丛林边缘……… 61

伐木厂哭喊……… 63

美丽女人……… 65

木匠……… 66

所剩无几……… 68

顺从……… 69

圣痕……… 71

白雉……… 73

说出你在黑暗所见……… 75

日复一日太阳……… 77

在边缘……… 79

目击者⸺ 80

野鸟⸺ 83

冰风暴⸺ 85

存在的痕迹⸺ 86

因为我在乎⸺ 89

群鸦⸺ 91

心何等满溢热爱之浓郁⸺ 93

八十年代诗选

尺度⸺ 97

活着⸺ 99

山还在⸺ 103

无声的博弈⸺ 104

碎片⸺ 106

冬戮⸺ 109

我厌倦了你的权术⸺ 111

土拨鼠⸺ 114

支奴干⸺ 115

花园（1980）⸺ 116

野牛石⸺ 118

颅骨⸺ 120

印第安营地圈⸺ 123

1980年的干旱⸺ 126

屠案⸺ 127

鼬鼠⸺ 129

金色群山⸺ 130

有一天 ……… 132

月形天蚕蛾 ……… 135

背负空杯的红鸟 ……… 138

紫禁城 ……… 141

长城 ……… 142

公社姑娘 ……… 145

红楼之梦 ……… 146

慢河之上 ……… 147

回声 ……… 148

蒙娜丽莎 ……… 150

自治领日之舞 ……… 151

兄弟 ……… 153

幸福小镇 ……… 155

陀思妥耶夫斯基 ……… 157

美 ……… 162

夜 ……… 163

九十年代诗选

冬季·1 ……… 167

冬季·7 ……… 168

冬季·13 ……… 169

冬季·14 ……… 170

冬季·15 ……… 171

冬季·16 ……… 172

冬季·18 ……… 173

冬季·19 ……… 174

冬季·20 ------- 175

冬季·25 ------- 177

冬季·31 ------- 178

冬季·35 ------- 179

冬季·40 ------- 181

冬季·41 ------- 183

冬季·42 ------- 184

冬季·45 ------- 185

荒郊野外 ------- 187

父与子 ------- 190

哀悼的姿态 ------- 193

脆弱 ------- 196

吸火者 ------- 197

平衡 ------- 199

细节 ------- 201

晚餐 ------- 202

手掌 ------- 203

冰结 ------- 204

美洲狮 ------- 205

第一次 ------- 207

太空旷，太凶猛 ------- 208

飞蛾 ------- 209

二十一世纪诗选

大闪蝶 ------- 213

冬雨中光秃的李树 ------- 215

孕育我的这一夜 ——— 216

病房猫 ——— 218

疯少年 ——— 219

美（2000）——— 221

冬之死 ——— 222

声音（2000）——— 223

神在我体内行走燃烧 ——— 224

淬炼 ——— 225

不忠 ——— 226

割喉鳟 ——— 228

调羹 ——— 230

鳞毛蕨 ——— 232

细烟 ——— 234

诗歌教学 ——— 235

守望 ——— 237

冬日的两只乌鸦 ——— 238

竹米 ——— 239

注目 ——— 240

海岬对岸，薄云在林上低语 ——— 241

绿裙子 ——— 242

语言无法抵达 ——— 243

附录

英文目录 ——— 247

一个新觉醒（代跋）——— 254

序一 帕特里克·雷恩是我的朋友

洛尔娜·克罗齐①

帕特里克·雷恩是我的朋友、伴侣、丈夫。我此前爱他，现在依然爱着，每天都在思念他——在我们屋子的每一个房间里，在我们的花园里。他也是我最喜爱的诗人，是加拿大历代诸多文字工匠中最出色的之一。他是同辈及追随其后的诗人们的典范。

他诗艺的精湛无需多言，但在我国，他也是少数早至60年代就孜孜投身于诗艺锤炼并将这成果展现出来的诗人之一，那时加拿大还在景仰南向的美国以及大西洋彼岸的英国文学巨匠。他勇于书写他的成长之地，发出他自己的声音，经受穷困、孤立的磨砺，承受无望的磨折。

他早年生活艰辛：在英属哥伦比亚省内陆的锯木厂从事繁重的劳作，18岁时成家生子，他的才华得不到他的父母和高中老师的认可，尽管如此，他锻造出的劳作体魄却拥有独特的耀眼才华，影响深远。

没有人比他更有资格言说他的早期生活、他对诗歌的热

---

① 洛尔娜·克罗齐（Lorna Corozier，生于1948年），加拿大诗人，雷恩的妻子。迄今共出版了17部诗集，其中《鹰的发明》（*Inventing the Hawk*）荣获1992年加拿大最高文学奖总督文学奖，2009年入选加拿大皇家学院，2011年因其诗歌成就获得官佐级加拿大勋章。她在诗中深入探索了家庭关系、女性身份、属灵生活、爱与性等主题，被称为加拿大诗歌的标志人物之一。玛格丽特·劳伦斯曾称她为"值得我们感恩的那种诗人"，而《加拿大书评》则称她为"英语世界最具原创性的现役诗人"。

爱以及诗歌在他生命中的重要性。在他的回忆录《皆有其期》中，有一段文字我常会读给我的学生们听，这段文字体现出一位真正的艺术家的热忱。他深信，一名作家不能背弃他的出生地，背弃生活于此地的住民。这些男人和女人，在书籍扉页间，鲜少能看见自己的身影，极少能描述自身的欲望与痛苦、梦想与沮丧。

  深夜，妻子和孩子们熟睡之后，我会坐到拖车前那张小饭桌旁，尝试着把语词变成诗。
  那之前我还从没做过这么难的事。虽然我知道一首好诗是什么样子，也阅读诗人们的作品，但他们能做的我做不来。我写不出关于水仙花、云雀、马萨诸塞、黑山、旧金山的那些诗歌，这些不是我熟悉的，他们的语词也不会出自塑造了我的那些地方。没有得到任何的指点或建议，我书写着周遭发生的一切：拖车里一个死去的婴孩，试图用挂衣架堕胎而死亡的女人，行走过的大山里河流滚落而下的声响。第一首获得成功的诗写的是阿沃拉①一头在我燃烧的铁桶里翻找扒拉的熊……我没有老师、引导人，教育程度止步于高中，但我拥有所有艺术家所需的天赋，那就是对听到的内心声音的入魔和全情投入。回想那段时光，工厂与急救、贫困与挣扎、欢乐与苦涩，而唯一能让我支撑下来的，唯一让我活着的，就是诗。

---

① 阿沃拉（Avola），加拿大不列颠哥伦比亚省的一个地区。

(帕特里克·雷恩,《皆有其期:花园中的回忆录》,200—201 页。)

感谢"荷马奖章桂冠诗人译丛"的出版,感谢译者的辛勤工作。这本汉译是雷恩生前一直期待的,现在终于见到它的面世,所有该来的都不会太迟。

2020 年 1 月

序二　伤口化为玫瑰——2019荷马奖章颁奖记

赵　四

温哥华机场落地后，我排在长蛇队伍中来到机器前，回答了一串NO获得了一纸通关证明，而后来到海关人员眼前，表明此行将去维多利亚市面见朋友后，立时获允出关。

行前我听从利尔本（Tim Lilburn）的建议，放弃了乘3小时大巴的转乘方案，搭上出租，东南方向疾驰半小时来到了特瓦森（Tsawwassen）渡口。一路之上，和司机闲话家常，看来从印度来此新家园的前英国文学硕士，很满意于在新家园的出租司机生涯，在这里一天工作20小时，而后可以休息一天。花园、雨林兼备的北美大城市里的宜居生活似已完全洗刷了可能有的放弃专业的遗憾。平和的济慈，印度司机最喜欢的英语诗人，似乎有助于这颗曾沉浮于鼎沸人声中的亚洲灵魂，在异域他乡的宁静平和中保持哪怕蓝领亦可拥有的某种准儒雅风度。

在维多利亚市斯沃茨湾（Swartz Bay）渡口上岸，来接我的利尔本见到我之后，问起一路行程如何。我据实以告：失望啊。因为利尔本在给我的行前邮件中，普及的是维多利亚渡轮之旅最具想象力的版本——你很可能会看到鲸鱼、海豹、海狮、海豚闪出身影，在海面游弋，如果幸运的话。所以一路上一个多小时，我望穿太平洋的海水，思海中诸君而未见任何一君……后来和克罗齐说起这一节时，我获其抚慰，"在我居住于此的25年间，我无数次地乘坐过渡轮，仅仅有一回,见到了海豹。"幸福果然是一种比较,当我又隔一日在温哥华的斯坦利公园滨海步道上散步,终于见到一只海豹钻出水面,又被惊呼来看(汉语声)的人声吓回去时,我仿佛看到一个25年时光中的某点闪亮向我探了探头。

雷恩和克罗齐的家位于温哥华岛南端大维多利亚的北萨尼希区(N. Saanich)因弗内斯路9185号。利尔本载我来到诗人家中时,约是温哥华时间下午三点,十来位客人在四点颁奖仪式开始前陆续到来,俱是诗人,皆雷恩生前好友、学生。雷恩年轻时从事过多种蓝领职业:磨坊工人、挖掘车司机、剥毛皮工、锯木厂文员、工伤救护人员等,六十年代末家中多位亲人亡故、首次婚姻破裂后甚至有过数年浪迹北美天涯的时段。文学事业成功后,他大半职业生涯转为靠各种奖助、作家驻站以及教书育人生活,曾先后在康科底亚大学、阿尔伯塔大学、多伦多大学任驻校诗人,在萨斯卡川大学、维多利亚大学教授创造性写作课程,因而师生间友朋颇多。今天来此的,皆可谓近亲。

比阿特伍德(Margaret Atwood)年长半岁的雷恩,和阿特伍德一道,是形成了当今加拿大文学传统的1960一代作家中的佼佼者。雷恩1974年时出版的诗集《当心火的嘴》就是阿特伍德帮阿南西(Anansi)出版社向他约的稿。雷恩一生出版了27本诗集,几份对开诗歌大报,备受欢迎的回忆录、一本童书、一本迷人的短篇小说集、一部强有力的长篇小说。在哈伯(Harbour)出版社2011年为其出版的厚达五百多页的一生诗选中,编者直言,雷恩"不仅是加拿大最重要的诗人之一,也是任何一位加拿大文学史作者笔下的重要人物"。他那些极富个性、仿如直拳一样重击胸口的诗作，被有的读者称道读后"不仅倍受震撼，简直就是全身发抖"。

1978 年是雷恩生命中的重要年份。牛津大学出版社出版了他的《诗歌，新作与诗选》（Poems, new & selected），该诗集为雷恩赢得了加拿大文学最高奖总督文学奖。同年，他接受了在曼尼托巴大学作驻站作家。春季，在作为主题演讲人参加萨斯卡川作家协会年会时，他遇到了 1976 年在里贾纳朗诵时认识的洛尔娜·克罗齐。这次再度相逢，两人不期然地坠入了情网。他们决定结束各自婚姻，义无反顾地开始了同居生活。共同生活了 23 年后，2001 年他们结婚了。这是加拿大最著名的一对文学夫妻。

我于 2017 年在维多利亚大学为蒂姆·利尔本颁发荷马奖章时，便是住在雷恩和克罗齐家中，也是在那时和雷恩进行了当面磋商，他明确表示愿意日后接受荷马奖章。2019 年年初，我向评委会提名雷恩，获得通过。然而不幸的是，经过两年多和疑难病症的顽强对抗、斗争后，雷恩还是于是年 3 月 7 日溘然离世，离八十周岁的生日还差二十天。经与主席和评委会商榷后，我们还是决定按年初决议执行，为雷恩颁发 2019 年度荷马奖章，由其夫人、加拿大著名诗人克罗齐代领。

当天下午，代替雷恩接受奖章时，克罗齐特意穿上了一条 41 年前的裙子，那是 1978 年时雷恩给她买的第一条裙子。随时光绵延的伉俪深情此刻以不受时光损毁的服饰之形无声言说着自己的故事，人人得见，那故事仍在继续，只是声部落在了沉沉怀念的低音上。

大地诗人雷恩，生，行在大地上，死，亦归之于大地。他选择了火化方式，骨灰撒于数处，皆生前常常往之地，包括居住了13年的现在家中花园里，因为园中一草一木皆夫妇二人手植，直至生命近终，他还和克罗齐一道设计了花园里的东方式鸟居顶圆月门（2017年时尚未见），建筑完工后还特意给我发来一张颇为活泼的倚门小照。雷恩也一生保持了对中国、对东方文化的深厚兴趣。1981年，雷恩和另外六位加拿大作家一道访问了中国。所见所遇的中国往事，留在诗人记忆里的有颇多不解和遗憾，安排他们会见的几乎三缄其口的青年作家们结束时逃走似的背影在雷恩的记忆中永不消逝，"我想从中国带走的/却发现不过是我的红楼一梦"（《红楼之梦》）。他的"红楼一梦"中大概也包括他家眼下仍健在的那只猫别致的名号——"白居易夫人"。

我朗读完"授奖词"之后，克罗齐朗诵了雷恩回忆录《皆有其期》中的几段散文片断作为答词。数度哽咽之后，克罗齐终于平静下来，开始朗读：

> 在这某个夏日大清早的第一波暑热中，没什么我想要的。至少，不想要我刚开始懂得的新的清醒以外的什么。荣誉，奖项，奖金现在对我来说没什么重要的。过往岁月里我已赢得足够多此类物什，曾有一度我需要它们不过是想要世界向我证明它的爱和对我的努力的尊重。但是一个生命可以变为平静、祥和，变为世间事，此类恩泽发生之所，可能似乎离得很远，不像每日生活那么重要。因此这就是这个安静的清早，我坐在苹果树

下,手边一杯咖啡,注视着羽毛丰盈的啄木鸟在我头顶的树枝上一直对着树皮工作。

懂得何为美丽是需要时间的。它不是给予我们的,而是要经由努力去获得。它存在于个体的眼中而非内在于被视之物里。小小的啄木鸟心满意足于是其所是,而我之发现它的美与一生观察鸟类、观察无论何物都有关系。为发现美,我必须首先在自己内部发现它。鸟会认为我美吗?我不知道。每隔几秒它就会斜上我一眼,以确定我还在那儿,且安静。如果我直直地盯着它,它就会紧张,所以我只是凝望向它的右侧或左侧,这样它放松下来。没有谁喜欢被盯视,动物、鸟类和人一样。一头熊讨厌被看。它将这视作挑衅,那试图以眼瞪服熊的漂泊者可要悲剧了。如果你遇上一头,务必装作不感兴趣地望向旁侧。再做点祈祷,如果你能的话。

祈祷是在向知你者说话。众神之名俱沉默,向他们说说这风险太大,无论是基督教信仰中的还是任何其他一种中的。众神皆非等闲之辈。有好些年,我过度地使用上帝之名。我可能会感到的一些疼痛、挣扎都会使我呼召上帝去诅咒那砸在我拇指上的锤子、撞了我脑袋的橱门。

今天我对日常的众神说话,在平凡瞬间的宁静中。

今晨我全身心充满祈祷之语,虽然没有发出声音。我祈祷这个美好的早晨一切顺利。洛尔娜从她的隐身之所回来了,我刚才看见她,穿着红色长裙,在厨房门边。她正让猫出门,一旦它们到了露天平台上,她便叫我的名字，好像它是个问题，而我回答说，我在这儿，在花园里。随后她端着两杯咖啡来到我身边，当她走过覆地青苔，我看到了什么是美，我为此失魂落魄。我对她说，你真美，她笑了，当她赤足向我走来时，露珠濡湿了她的脚。

祈求上帝，再多给些时日，我低语。

此刻，雷恩确实"在这儿，在花园里"。我们都相信，他看着一切，全程听着为他举行的简朴颁奖。当克罗齐朗读完，一只红头啄木鸟振翅飞去，这是雷恩在暗示我们什么吗？

另一段散文涉及雷恩的酒瘾经历。雷恩年轻时的坎坷遭遇使他染上了酗酒的毛病，六十多岁时还专门在戒酒中心居住治疗过。隔日黄昏，在温哥华市繁华的格兰维利大道上（雷恩也曾流浪于彼），我遇到几个醉醺醺的乞丐，不知为何，俱为西人，少有亚裔。看着这些自生活中落败的人们，我不禁伤怀：是否在寒天冻地的北国（克罗齐曾说，加拿大的神是雪），面对冻伤的人生，一个人更容易坠入酒精应许的遗忘里去寻求虚妄但也许有效的慰藉。

而对于一个以文字为生的人来说，他又是多么的幸运，凭此他可以获得真正的慰藉，曾经的苦难在写出的每一诗篇、每一段落、每一诗行里转化、变形为赐福。

伤口化为玫瑰，精神成长为雪松。

六十年代诗选

卡尔加里市监狱

今天他们将他带走
独自呆在狱室，我研读起牢墙
墙上的名字，上千交错的涂鸦
散乱的词句
看不懂的语言。

我想着，他是去了
那又怎样？

昨天，他耗了不少时间
捕捉蟑螂
用他痉挛佝偻的手
晚饭后
再抓起一只凹陷的罐头盒
将它们全都碾碎。

他笑话我把名字刻上床头的墙。
有意义么？他说
他们终将会把你抹掉。

象 群

开裂的松木工棚
凸垂在我身后,夕阳中
像一座苍灰的普韦布洛村居。我坐在那儿
用一大块棕色皂
雕刻一头象
送给那个印第安男孩
他住的村子在林子后方
一英里处。

喝醉的卡车司机
和推土机手坐在我身旁
他们闭着眼——
我们一起等着最后那个时辰结束
而后回到斜坡上——

我试着忘掉那终日
遍布斜坡的
哐啷 哐啷 哐啷声
一个小时又一个小时,在蚊虫滋扰的黑夜
石头、土块被砰砰地捣成碎末
山寒夜无尽长。

象逐渐成形——
我的刻刀轻抚光洁的皂块
剥落下棕色刨花
那个男孩会攒起来带回家
带给他在村子里的妈妈。

完工了，我递给他雕刻品
他久久地端详着
这巨兽的模样
然后把它放在干松木上
抬头看我：
    象是什么？
他问
于是我告诉他有关象的种种
它们生活的丛林——还有
大象墓地的传说
那些墓地从没有人找到过
还有这些沉默的
雨林动物如何
离群远走
死在远方的某处
然后他对着我微笑

告诉我他父亲的墓地

也是他的族人长久的安葬地。
年份久远到
没人记得是何时开始的了
我问那墓地在哪
他说不在了
现在也没人能找见
就埋在这条新公路的
这个斜坡下。

野 马

只要你单独到这儿来一次
看看这些野马
从高高的洛矶山里跑出来
粗犷的腿踹着齐腰深的雪地。

你只管单独来一次。千万别看到
那些男人和他们的卡车。
就单独来一次。一切都不再移动,
当那匹雄马和五匹自由奔放的牝马
撞到了枪口里。都死了。
他们的眼睛里闪着白霜。
冰从它们的鼻孔里流出来,
当它们被一根钢绳拖走。

后来,一阵骂骂咧咧
和跺脚之后
我们坐车到了戈尔登:

不要抓狂。
这是一种艰苦而血腥的生活
对三百块钱的肉而言

这更是漫长的一周。

还有那失去神采的死去的眼睛
以及空荡的草原。

(阿 九 译)①

---

① 书中未标明阿九译的诗作,均由襁园译出。

因为我从没学过
——给我的哥哥约翰

因为我从来就没有学过
怎样变得温文尔雅,而我生活的
这个国家又这么残忍,遍地都是
动物和人的尸体,所以当我爸
叫我在被公交车
碾过下体的小猫头上再踩一脚时
我想都没想过要去问个究竟。

二十年后的今天,
我只记得
一条命死去时的沉寂,
当那颗易碎的头颅
在我赤裸而坚硬的脚后跟下崩裂时;
那在尘土里打滚的舌头
再也叫不出声来,
还有我父亲高傲地走开时
他背影的渺小。

(阿　九译)

火草草籽*
——给肯·贝尔福德①

红翅黑鹂

在成熟的麦子地低飞。

成把的火草籽

风中播撒。八月

下旬,雪

已现身群山

山巅。我们安坐在

等待干燥处理的原木上。

肯砍掉了斧柄

用它来当楔子。

他说,在啤酒屋

他们议论着咱们。

说咱们肮脏

不地道。不过没关系,

他又说。木头碎裂在

他大锤的重击下。

---

* 火草是野地里遇火后第一批生长的植物之一,并因此而得名。
① 肯·贝尔福德(Ken Belford,生于 1946 年),加拿大诗人,加拿大不列颠哥伦比亚省首批生态旅游向导,一位"自学大地语言的诗人"。

看哪,那些火草籽
在空中飞,他还说。空气里满是
它们生长的气息。麦子地里
黑鹂翻飞盘旋
应和着他锤击出的声响。

昨夜黑暗中

昨夜趁着黑有人杀了我们的猫。
浸在汽油里。点火焚烧。
她的猫仔们在院子里四下散落
还包裹着它们夭折时的胎膜。
没有一只是在她的痛楚中焚亡。

我将它们收敛进一只纸袋
随手扯掉聚拢来
享用盛宴的蛞蝓。
食腐者的黏迹薄雾般
波动在她尸体上。

要做的是忘了她
这个早上我拽紧
铁铲,狠劲地戳入
那片雏菊后方的泥地深处
仅是回忆另一些
我掘过的墓穴

此时我儿子已准备好让它们
安息。将它们一只只地

从纸棺中取出。
堆洒上苹果花覆满它们的眼
也没落下那伤痕惨重的妈妈。

十年记

今夜冷月斜映入雪。
冰在玻璃上簌动,落单的瞬间
我注意到了窗。是你来告诉我
你要走了吗?雪地之上
光线浅淡经过如残弓一张
少了牵引的手。这一刻起
黑暗尖叫着袭来如垂死的鸟。

北方的某夜,你依偎在我怀里
为一只哀啼的鸟哭泣。清晨
你发现窗沿上死去的他。
鸟喙上冻结出的一层冰壳
在你的呼吸中消融。
我把它甩了出去,它没有飞。
我们居住的那个雪乡
是猫头鹰行走其上的地垫。
鸟儿们搞不懂窗是什么。
它们从来不懂。

给在精神病院的丽塔

尖细的烛光支托起咖啡屋的黑暗
今夜我注视着你往昔的最后
你的短时情人
隔着一杯特浓咖啡
和他朋友们的哄笑
为我回忆起你。
他很开心。
已经过去两周了
他还没有发病。

现今你在睡在精神病院里。
今夜我在两座公寓楼之间穿行
那里草已枯黄
且在风中弯折
像你瘦削苍白的脸庞上
怪异低垂的发丝。
你曾说,丽塔,无非是个
会在唱着歌的雨中漫步的傻瓜
可是今夜我病了
雨也不再歌唱。
这夜里车来车往。

车轮压皱了坚硬、湿淋淋的街道。
车轮过处,雨水折返。

七十年代诗选

太阳开始吞噬群山

松林吞食天空逸出的薄雾
村子里那个
长着一双黄眼睛的老人
四肢在地垫上摊开
行将死去

当石头呼吸,它们改变形状
林子里,萨满巫师
刮削魔鬼俱乐部——本地刺参的叫法——植株的
绿色外皮
今春,她将再次
净化死亡。

足够靠近死亡的你
请告诉我
哪里是开端
看
天空流泪了
那个女人走来

她告诉我群山悉数被吞噬后

太阳去了哪里
而世界只是一个平面
鹰隼飞过时
它们巨大的羽翼
将天空切割成条

鸟

你抓来的那只鸟死了。
我告诉过你它会死的
但你压根儿就不信
我说的话。你想
把一只鸟笼在双手中
来学习飞翔。

你再仔细听着。
不准你玩鸟。
它们不能从你的指缝间飞出去。
你不是一个鸟巢,
而一根羽毛
也不是用血和骨头做成的。

只有词语
能像鸟一样为你而飞,
在太阳的墙上。
一只鸟就是一首诗,
写的是囚笼的末日。

(阿 九 译)

羊外腰*

跪在满地的羊粪里
他从一群精壮公羊里挑了最大的一只,
把羊尾巴掰到一边,
切开那肉袋,
把那两个卵蛋叼在嘴里
然后把那根管子一口咬断。

再看那头公羊　　全身抽紧
只发出一声惨叫

趁那焦油①还在流的时候,
他把两个卵蛋吐到一只碗里。

那时我还是个毛头小子;
我们就是这么干的。
比别的办法
也他妈的痛不了多少,

---

* "羊外腰"原文作 mountain oyster（山蚝）,即羊的睾丸,加拿大俗语里叫它山蚝。用油煎炸了吃,据说能壮阳。
① "焦油"是一种黑色黏稠液体,加热后涂在伤口上止血杀菌。

反正你不能让公羊争风打起来，
把每个小母羊都搞掉……

接下来就跟他一起品尝那东西，
一片片切得很细，
一盘油炸睾丸。

羊外腰能让你壮阳，

他说，
而外边的草场上
公羊们忍住疼痛，
羊腿抖得像累死的老人
发青的双手。

（阿　九译）

垃圾场

汽油燃烧的橘黄色火光里
女人在废弃物间移动,
急切如鼠群蜂团
享用阳光下的盛宴。
她兜起大开洒的裙摆
盛住收集到的苹果。

她的孩子用电线弯成的圈
摆弄着一只腐烂的郊狼头。
苍蝇围拢在他脚边填补空隙
黑压压的嘤嗡声爬向散落的蛆虫。
她弯下腰,果实满怀,
然后用一卷细绳
把孩子拴在腰上。

她问我现在几点了
当最后一趟卡车出现在
烂根墙边
而后隐入火光中。
我告诉她我不知道。

留神火月,十二个火月归拢一年

悬挂在石头城墙的某段之上
雨中一块破烂红布滴水如血。
那个海边的冬夜里有团黯淡的火。
我看见一个女人傲娇行走的裙摆,
在火光不定的阴影中迟疑,
再移向某个我永远不会知晓的去处。
雨被一盏街灯随意
又残忍地划破。

一块红布得意地飘扬在
垃圾的壁垒之上
在乳臭未干版的战争风暴中
男孩们就在那儿挥舞剑和队伍标识。
然而曾有个女人傲娇地走过,
露出了曾是她裙裾之下的一小截腿,
现在在这一堵堵雨墙背后的
是睡眠中的孩童。

留神火月。
十二个火月归拢一年
拢入睡眠中的孩童,一个行走的女人

还有一条破碎的裙子像遗失的话语。
把它就留在那里，留在黑夜里吧，
任霉菌缝补。留给鸟儿去争抢
给老鼠去包裹它们的骨头。

向风暴嬗变

知道他是个白人。
他打着横走入风暴
让他身体的左侧

忘记右侧
所感知的寒冷。双耳
变为双眼不能视见的

死亡。他终日
行走,远离太阳
向风暴嬗变。千万别

将你听到的怒号
以为你追随的踪迹
误认作他。在雪中

找一个白人就是找寻死亡。
他已被风焚化。
他留下了太多血肉

在冬的白色金属上

却没留下肤色作为标识。
寒冷的白。寒冷的血肉。他打着横

斜倚进风:失心疯般
来到雪地,无情地屠戮
身体左侧的一切。

之后(1973)
——给帕特·劳瑟①

私人伐木的机器

咬住了他的胳膊

肘到指尖的神经

被绞断死亡　此后

他就坐在酒吧里

贩卖故事来换酒

说得最好的一个是

这只没用的胳膊是怎么来的

每隔一天就换个说法

把所有的版本都说了个遍

最后没人愿意再听

碍事的胳膊

总是东碰西撞

没用地垂着

他能弄来一杯酒的

---

① 帕特·劳瑟(Pat Lowther,1935—1975),加拿大先锋女性主义诗人,积极参与政治活动,在高校教授诗歌,去世前担任加拿大诗人联盟共同主席。其获得广泛认可的作品是身后出版的诗集《一部石头日记》。

唯一方法
就是把这块死肉
甩上桌
按进大头针
嚷嚷:

这压根就不疼

大家哄笑
给他买上杯酒
犒劳他用喝光的酒杯

敲进去的每一颗钉

入睡是黑暗生发的沉默

——给父亲①

致开垦了四十亩土地的犁

将我的血液灌注进太阳

把石头关节从土地拔出

俯首躬腰跟在一匹跛脚马后

走过死亡季节的寒霜

随一艘石船穿渡我的第十三个年头

致被父亲拒分的土地收成

儿子干了成年男人的活

却得不到酬劳

入睡是黑暗生发的沉默

青年时期我在特纳河谷忍受饥饿

直到一位门道深的女士将我

拎出牌桌和懒鬼的深坑

让我到她谋生的房子里工作

那里每间睡房都有装配工的笑声

活在太阳背面的他们教会我

---

① 这首诗是雷恩以他父亲的口吻，讲述了父亲的一生：艰辛少年，出外谋生，参加二战，在最后一份工作的任上被误杀身亡。

做个男人就是

在野性小妞的臂弯里

获取一年辛苦劳作的红利

入睡是黑暗生发的沉默

我在山洼里的硬石矿井

损坏了身体,吸进硅灰

直到肺肿胀鼓出

血和玻璃的包块

可是大山也给了我爱情

还有三个幼小的儿子　直到战争爆发

在参战的狂热中

我丢下了一切独自离开

历经了朋友们粗鄙的堕落

去追随一个不曾了解的梦想

入睡是黑暗生发的沉默

然后是心灵回归后的难捱时光——

我朋友的身躯还僵直地

挂在他坦克炮塔的上方

镶上枪炮迸射的火焰画框

保留展出在每个惊出冷汗的夜

和悸动的梦中——

面对是个陌生人的女人还有三个男孩
直到我明白爱是在痛苦中发酵
并经由造物循环再生
挣扎着度过苦涩的战后年景
多了两个孩子,还重新发现了原先的三个
终于认识到已失去了的
无法再寻回

> **入睡是黑暗生发的沉默**

然后做个男人,将我的灵魂
灌注进那些微笑的兔崽子们的私囊
得益于特权、家境或优先权,
他们留在了后方,建造起玻璃墙的格子房
我就在那苦干——不,并非白干,
但到了晚年我长眠时分
为何心脏得钻进颗子弹?
已经走过了那么远,走得那么艰难,
竟是躺在这地板上流血死亡
还不知道杀我的是谁——为什么这样

> **入睡是黑暗生发的沉默**

我们聊起女人

睡觉前漫长的最后几个小时
坐在船上的厨房
我用威士忌酒和中国厨子交换茶。
他的皮肤是糯米纸的质地
溜转的黑眼睛细长
像遮住太阳的乌鸦翅膀,
飘动在前额的
几绺灰色头发
像苔藓挂在黄松上。

我们聊起女人
在一个冬天寒意森森的远方
我们锁困在雪的屏障中
有好几周了。

我对他说起海边的一个女孩:

> 我唯一能记得的
> 就是她的手。抚摸我时
> 它们扑腾得像被囚困的鸟。
> 有三个月吧,她的脸

  多少带点我们头上那扇窗
  透进来的光影,她的眼
  冰冷如钩,星星们的倒钩
  串在夜的操纵绳上。

他点着头,靠着墙
坐在下铺的床垫上。
就着蜡烛上温着的酒
我们安静地聊:

  如果要我告诉你
  她是什么样的,我会说
  她是树叶做的
  她的抚摸是声音
  当我爬一座山时
  我喘息的声音。

  就是这样,我说,
  记忆里她就是冬天的样子。

像生自石头的一件雪花石制品
他起身,示意我。
我跟随着走进他房间。
点上蜡烛,他领着我
穿过一群受惊乱窜的飞蛾

来到他床边的墙前
上面挂着一个女人的几幅画像
精致易碎如干枯的翅膀
以杉木墙板斑驳的红
为底色:

> 这是我的女人。
> 她年轻得像风
> 风起时能消融
> 下错季节的雪。

想到那个竞赛

想到在乡下,女人们参加的
晾衣夹比赛
要单手拿齐所有的夹子
她们能做到
她们的手是冬天在钢桶里
搓洗尿布和蓝色工服
训练出来的

似乎这是活下去的一个检测标准
就像一把斧头掉进山谷深处
声音很久才传入你耳中
或压根无声
她们已经学会了在艰苦时日
诅咒冻结在
晾衣绳上的冰冷衣裳
日复一日
把这些零零碎碎
挂在火堆上
让它们消融
重塑出一个男人的轮廓
好让他去轮值

墓地矿井前
挺肩穿进

想着那段艰难时光
转化成了赛事一场
奋争是如何将自己根植进了仪式
一只只手中满是倾侧向
风中的晾衣夹
绝不掉落一只在雪地上

静 猎*

两座山之间的天空挑起的独一面旗:

不是云的开始或终结。

已经发生在某处所有动物的身上

我等着,祈祷能区分

人与动物的不同;

祈祷一场死亡的馈赠

能打破时间缓钝的荒废——

当我扛起空荡荡的身躯

总还有伴同行

随它是冰,空气,石头,还是人;祈祷

在下方远处的林线里

偏离路线处,我总能

找回方向。

---

* 静猎,狩猎的一种方式,狩猎手安静地移动靠近猎物。

白 山

披挂玻璃长袍的林木
月亮风帽下潜伺着寒。
怀纳冰霜。

风裹挟而至的唯有只犬
咆哮。灰色火焰扬起
雪的灰烬。

独见微光一线。
道载夜行人
或短或长。

雪落平余痕。

十 月

我终日在地里劳作
刨获土豆和萝卜,
采收卷曲黑色藤蔓上的
最后一拨葫芦瓜。
所有的游荡,女人,
陌生的道路,陌生人的时光
最后无非是:泥土一抔,
脆干玉米上的靴子一只。

我抬眼看着枝干上
够不到的苹果。
它们已经干瘪。
暴风雪就快来了。
这些北方来客将粗暴地
剥光所有树上叶片。
苹果也会掉落雪中
像枕头上枯干晒黑的拳头。

未出生的事物

狗溺死在旱谷里
老人们蹒跚走入丛林
声声低语诅咒着鸟群
孩子在沙地里划拉
搜罗几片碎玻璃
眼睛盯着泥地外
女人躺在吊床上
梦到情人助她再一次
逃离煮妇的必然
这一切之后,我将走入田野
在玉米旁被埋葬。

双手交叠在胸前
我将看见自己的影子:是那同一个
曾看着一位父亲双手变换着
在蜡烛的背光处
造出梦幻的飞鸟和野兽。

身携未出生的事物
我将向大地打开我的躯体
看着粉红根状爬虫向我聚来

我将舌头缓慢转向石块

言说种子的开端

它们在泥土里竞发,

苍白的小东西向着太阳伸展

感知到头顶上方人类的脚,

行进中他们的踩踏

重重地嵌进我的泥土。

——厄瓜多尔

马丘比丘*

——给厄利·伯尼①

I
拴日石

秃鹫父亲,带上我吧。

鹰隼兄弟,带上我吧。

告诉我的小母亲我来了,

有五天了,我没吃也没喝过一滴水,

信使父亲,预兆的持有者,迅捷的传话人,

带我走吧,我向你乞求:小嘴巴,小心脏,

我向你乞求,告诉我的小父亲小母亲,我来了。

——来自克丘亚人②的《被定罪情侣的死亡之歌》

站在这座城的最高一级梯台

我们双手落在打磨过的石头上

那是个拴太阳的石桩。

---

* 马丘比丘(Machu Picchu),位于现今秘鲁境内库斯科,是前哥伦布时期印加帝国的遗迹。印加人崇拜太阳,诗中出现的"拴日石"、"圣女神庙"等都是遗迹内的建筑。

① 厄尔·伯尼(Earle Birney, 1904—1995),加拿大作家、教育家,其诗歌以热情和幽默的好奇心持续地探索语言的丰富性,曾两次荣获总督文学奖。

② 克丘亚人(the Quechua),南美印第安人,印加人是它的分支。

现在那里唯有静默。
我们凝视太阳沉入安第斯山脉。

夜降下最初的寒光
落入山下面远处的河。
在渐渐聚拢的薄雾中,我感觉
我们正在生长,渐渐脱离
某个死亡之物的身体。

  * * *

今日我们躺在圣女神庙
过往世纪用苍苔填满我们的嘴。
他们剥除周围丛林。
他们扯掉我们裹身的衣装。
他们将遗骨随意抛撒风中。

陌生人穿行遗址。
聊起他们来自何方,
下一站要去哪里。
我们躺在这间无顶石室
他们投石击杀一条游蛇。

蛇爬出大地
躺在明亮灿烂的阳光下。
它卷绕的身体像麻花瓣,

眼睛像碎石。他们留下
这残躯，挂它在一堵颓垣上。

　　　　＊　＊　＊

我们与梦一起被诅咒。
这是座注定失落的城。
这里的逝者不愿它被发现。
捡起我们的毯子，在太阳神殿
我找了个地方入睡。

但即便太阳他也遮住了脸。
赭黄淤伤的光，我们已失落，
万能的治愈者。
当太阳沉落我们出发。
如今除了影子到处空空。

我想象女人们随她们的男人行动。
她们用眼神包围我们
在这高耸的安第斯山
在一座失落又重现的城里
有人前来把拴好的太阳解开。

II
太阳贞女

在丛林墓穴中他们只找到了女人。
其中一个的子宫里有个孩子,一双
褐色树根般的手裹住他的脸。
那里没有男人。
这座城属于太阳贞女。
墓穴一座一座尽皆破损,
丛林毁弃:

    曼科·卡帕克王
    和他的印加子民死去。
    帝国覆灭。

    在此地四季终了时他们拴住太阳。
    在此地他们在印加武士的注视下开垦土地
    驻守太阳门户间的武士们

    在等待西班牙人的马。
    在此地贞女们被埋葬。
    西班牙人不曾到来。

    遭遇背叛的末代印加王前往库斯科
    去和西班牙的总督讨价还价

他死于一场伏击。

桥梁在他身后被切断。
道路湮灭,丛林长成绿色罩壳覆庇了
死者。太阳在神庙上方升起又落下

幽暗墓穴中贞女们长眠
等待印加族人回返
并将她们送还给太阳。

让墓地的洗劫者们走开。
让这城重隐入丛林。
复归为那无言之物。
贞女们已离开她们的墓穴
一双手如褐色树根,
带着她们未出生的婴孩。
让这城重隐入丛林。
让墓地合拢如伤口复原。

III
曼科·卡帕克——末代印加王①

今天我出发前往伟大的首都。
有关这次行动的明智
已说过许多。我曾统治过
马丘比丘。这个帝国犹如

一汪静水沿水罐的曲线被搅起了波纹
像这条河溢出河岸流进了丛林。
近来无数星星划过
天际。就像从前为瓦伊纳·卡帕克

如今是为我。瓦斯卡尔与阿塔瓦尔帕已逝。
他们在库斯科立起
血石十字架。子民惊怕。
但西班牙总督已经请求我

回去。他希望我回到神庙。
那有什么意义？我的子民在大广场
焚亡。我的宫室被
抢掠。帝国得而复失。

---

① 诗中提到的曼科、瓦伊纳、瓦斯卡尔、阿塔瓦尔帕、帕查库特克都是印加帝国的君主。传说中帝国就在开国君主的金杖插入之地开创。库斯科是帝国的首都。

帝国初建时立下的金杖
已移除,熔入
西班牙的"三位一体"。
我的武士们将驻守桥梁

沿着大道驻防。如果我无法
返回,一切将被摧毁。
我的子民在高山关隘受饥。
我的子民在街衢间巷死亡。

我的祭师已经研读了预兆。
只是我仍要出行。兴许这个西班牙人
没说假话。我已无法明辨
他们的真假。拴日石旁

我向逝者倾诉。
我已将他们送返墓地。
我是曼科·卡帕克,印加之王。
帕查库特克说出我心声:

犹如百合一株
我出生成长在这花园
当大限降临
我亦枯萎凋零。

——*秘鲁*

那个男人

坐在烤焦的沙漠边缘的
酒吧里喝着劣等的威士忌,
那儿风从来就没有停过
沙从来就没有停过
顺着他的手臂流下来的汗
也从没停过,他不知道
他跟这个女人在一起干什么
他既听不懂她说的话
又不熟悉她的身体,
就像他看不懂他自己。

他不记得在哪里
认识了她,也不知道为什么还跟她
混在一起。他一直在瞅着
两只秃鹰为一个死耗子
打了起来,他跟那个胖男人
酒吧的店主打赌说
只有一条腿的那一只会赢。

他只剩下最后这点儿钱了。
他明白,要是他输了她肯定会

甩了他,但不知道要是他赢了,
他又会拿她怎么办。

(阿 九 译)

那个女人（1975）

坐在烤焦的沙漠边缘的
酒吧里一张红色高脚凳上
那里的表土、沙尘
还有男人一直在变动不停歇
像停留在她脑海中的过往岁月
她看着这个带着陌生感的男人
在瞅着两只秃鹰争抢一个
死耗子。他的皮肤可真白啊
可身上原先的那股子硬气
却像蜡烛上蜡油滴淌完了。
这不是她要的那个他。

当只有一条腿的那只鹰
败落时，他大笑起来。
她明白他肯定会甩了她。
不是因为那赌金。

龟孙子[①]

---

① *Hijo de puta*. 西班牙语。

他在微笑。上帝啊,她说,上帝。
他甚至都听不懂我说的话,
不知道我说了什么,
还有我忍着没说的,和并非真心的话。

——秘鲁

她

他坐在她身旁
看不到脸
像是有人拿了刀子
把脸削空
只留下几个他得以
感知她的洞。
让他失去理智的
并不是爱。她生前
能让他记住的甚至也
并非因为爱,而是
他必须得坐在那里,双手
埋进她的黑发
意识到他所拥有的
不会再离开他。

——厄瓜多尔

波哥大的孩子

要明白的首要一点,手册说,
他们不是小孩子。不需要
为他们难过。他们有五千人
在这座城市的街头游荡

他们看起来无辜
不代表仁慈。随便一个
去杀人只是一餐饭的价码。
小孩子?这个贫民区小摊后的
那两个,看见没?我看着他们用荆棘条
挖了一只狗的眼睛,就因为它
朝他们吠叫。说不定明天会轮到你。
没人知道他们打哪儿来

不过可以确定他们不会离开。
五年后他们会成人,厌倦了
杀狗。到那时警察会
毙了他们,而你准会第一个喝彩。

——哥伦比亚

农 民

下雨了,雨一直在下
明天还会继续下。
时间那缓慢、可感知的
伤感,絮絮叨叨
坚持不停歇的雨。
石头黑色线条的下方
有些泥土黏附
像血肉连着骨,农民
在这土地上破土播下种子。

在花了千年时间才形成的地表上
挖出一个个英寸深的坑洞。
这里只有秃鹫生存。
种子往下深扎,在撕裂的
肌肤内生长,收获
小石块般大小的土豆。
开垦的每块地就只得一小把
没有更多的了。还得再花上
一千年才能生长
另一种庄稼,仍是这么可怜的收成。

古老的田地让山峦
结了层皮壳,人们
迁徙而来再次耕种。没人
想占有这土地。
富人控制了山谷
穷人却只剩了这个:
雨那缓慢的、可感知的
忧伤,土地以及
在安第斯山脉的石头缝里
讨生活的大地孩子的尸体。

——*秘鲁*

库斯科的麻风病人

在失去语言的清晨癫狂中
这个麻风病人坐着歌唱夜晚。
一团团的苍蝇像口吃的修女
围着他残存的指头嘤嗡,
他灰白的眼骨跟着蝇群转动。
把他的空碗猛地砸向
市场里刀具作响的地方。

他已经枯坐了一整个上午
什么也没讨到。向路人强行索取的
救济,再也弄不来。
对他身体坍塌的惧怕
已有美国医生解答
没人再以神圣待他。

一个女人,穿着脏得结壳的裙子,
从切肉台下匍匐爬来
将他的碗装满血。
他喝下了
那些剥了皮、血淋淋的
动物头正盯着他

张着没了舌头的巨大嘴巴。

——秘鲁

在丛林边缘

在丛林边缘
我看着一条狗将头埋进
亚马逊河的淤泥里
想要赶走围着它眼睛
盘旋的大群苍蝇。
蝇群像肺部一样扩张
又再次收拢在它伤口上。

我转向向日葵,张裂开的它们
犹如上吊女人的阴户。
这儿的一切都是疯魔:
一个破瓜流淌出一场
蜂疫;一个女人蹲着尿尿
头顶的肉篮子平稳
不晃;一匹骟马在骑手
的刺棒下跪倒。

我脑壳里捕捉到的画面像一根根刺。
我不再相信
我被赐予的视觉
住进了另一双眼睛里

一只绕着碎骨堆漫步的公鸡的眼睛。
小孩们切下了它的喙
又用根绳子将它拴在那儿
所以它能看见却无法吃到。

生病的云盛开在天空。
它们扔下火的根。
那只鸡将声音拖拽出它的皮肉。
我比想象中更为苍老:
我梦想的花园并不存在
同情不过是苦难的
开端。万物皆欺瞒。

一个人可以走入这座丛林
躺下,迷失在
树木提供予你的绿色吮吸中。
那里的现实却居留
系绳孩子的身上
他没看见
那只鸡将它没了喙的头
一次次地砸到地上。

——哥伦比亚

伐木厂哭喊

伐木厂哭喊,金属声铿锵,
盘绕的链条咔咔作响。
木材市场就这么没了
从乔治王子城到边境线上
每一家木材厂都关上了门。

清洁工和机械技师
匍匐在安静的刀刃下,
修理一根扭曲的旋轴,取出
一块块木头的碎片,
锯末飞扬在每一个角落。

整整一周他们都在焚烧垃圾:
这足以让一些人忙个不停,
足以让机器上的
锈斑不再像苔藓般蔓延。
阿尔打开燃烧炉上的一个小门,

将小推车推进灰渣堆。
炉膛得要清理了
他尽量安静地俯身

贴着铲子。不想
惊醒睡在炉灰上的人
这是寒意四溢的山谷里
他们剩下的唯一温暖的歇息处。
丛林地凋敝
木材厂勉强维持
但这已是他在镇上的最后一次轮班。

美丽女人

大山,像漂泊者,未曾前来。
女人,是必得熬过去的伤。
石头,尽管像骨,
却撑不起血肉。漂亮女人
是言说之前即已心知。
那颅骨投射在大脑的暗影。
那未破石块的内部空间。

木 匠

他向我说起他隐隐的忧惧
每天从没完工的楼顶
往下爬时他的害怕。
他说：年纪大了
希望每个早上到了那里
还能像个样子
脚手架让我站得更高
可我需要的木材
还长在山上
长了红锈的生铁钉
没有定型还在
我心里北方某处的崖壁上

我曾像鸟盘旋在这城市上空
看着它从棚屋陋居变身高楼林立。
我忧惧的不是这个
而是有时候我独自在这上头
意识到不能爬得更高
就会想我只要从这边缘走下
不是坠落就是飞翔

接着他大笑起来

吊线锤也走歪了

长钉敲进托梁

把楼板又托高一层

像老鹰每年都垫高它的巢

直到比它搭巢的树还高

然后独自弹入风中

振击羽翼就像钉子扎进天际。

所剩无几

所剩无几的是树叶下的
黑暗：土地
与天际线上乘御
寒风的雁群。
翅膀扑棱，唳声鸣叫。

我们躺着聆听树叶
坠落。一阵黄软的
骤降撕破了静寂。

所剩无几
将自己拽入自身，同眠于
它所担负：一片树叶
在它落下的上方
是野雁群的啼鸣
它们正漂移过我们的黑暗
乘这一季南去。

顺 从

我学习顺从,
雪的永恒静谧。

仁慈的铭文存于万物,
石之炼狱封存于冰。

我做了什么,必得赞美
这迷狂?孤寂安坐于己

像座大山,深邃,
疏离如希冀。的确,我哀悼

你在风暴里的退缩,
哀悼言词中的沉默。我们

总会在之后看见彼此,
你和你的死亡在那座城里

被一台机器,被我打断,
再被一阵可怕的耐心消耗

我看着冰长成了花

在黑夜幽暗空无的窗上。

圣 痕

——给欧文·莱顿①

假如没有隐喻
躯体只是躯体
骨头会从笨拙的手指里被分离?
海浪抵达防波堤,碎裂消散,
孩子们在石堤开口处蹦上跳下
男人们开凿的石堤隔离了大海
女人们带着空空的子宫行走
向黑夜宣告自由。
穿过酒吧间的窗口,与灯光一起堕落
男人的眼睛开闭像拳头张开又握紧。

我弯腰从潮汐水潭边带走海里的一只螃蟹。
它小小的绿色生命在我手里无助地扭动
骨骼与肌肉的鲜活栅栏
由我这个动物打造的一座樊笼。
这小东西,这拍击,生命的击打
现在竟因在我血肉的黑暗里
抗争的蟹爪,似乎它能裂穿

---

① 欧文·莱顿(Irving Layton, 1912—2006),加拿大诗人、作家,曾获诺贝尔文学奖提名。加拿大最具国际知名度的诗人之一,多产、全能,兼具革命性与争议性。

我的身体，回到大海。
无情的美，在我内里构成我所是的
不懈转动的车轮，对它我又了解多少？
圣痕。我捧着血网一张。

我梦见无穷鲸鱼被制成了牙雕工艺品的牙，
牙上描绘的海洋雕造了这些大鲸。漂流的船
在浓雾中呼应利维坦之伤
灰色的巨大声音是它们失落的节奏。
男人们离去了
在白骨上伤刻下他们的命运。
谁将会说起披上人类裹尸布的信天翁，
永远沉没在棉兰海沟里的水手？
我松开手。这小生命跃走。

白 雉

田地的底部

有蓟洒下它们的种子

棉花田里的白杨长大成了树

某一季里我伫立野草中。

护栏柱扶住彼此,上面有松垂耷拉的铁丝。

此处无人造访除非为着蹉跎时光。

人类以牛群、小汽车、麦子将我环绕。

机器在我领地的边缘朽烂。

他们说撂荒的地真是浪费

该让耕犁和苹果树来驯养,

不过到了秋季我将他们连同他们的

枪支、猎犬和梦想都赶走后

我就独自漫游。这时那些猎杀者

会躺在松软的床上安睡

拥紧他们妻子的身体

我则在针茅、钩刺苍耳丛凑合

独自等待冰雪。

小心地穿过雪的罗网

我注视着灰白的鸟走来

它们喙的颜色像被丢弃的肉。

白色,它们的羽毛是白色的,

仿佛它们诞生在地底洞穴
只在此刻才上升来到了地面
四处打量的粉色眼睛
盯着缓慢移动的斑驳月影。
不能向人类透露我们的行动。
它们在睡中创生的舞蹈
拒绝向他们的梦泄露其意。
那在骨中被养育而成的
安心地憩息在冰冻之石上
野蛮在闭着的眼睛后走失:
白化的鸟,灰白的姐妹,女妖。

说出你在黑暗所见

现在随这些言词天空之书
闭合。黑暗向蝙蝠疾呼见闻
蝙蝠飞行划出的字母无人能识读。
把那个男人引开后
小水鸟在她的巢中安歇
休整她同卧的羽翼。
夜呈现流水的
意象：它在石下流淌
而石头不认识风；
在树根下流淌，树在残损的
堤岸倾斜了一生。

黑暗伏潜。天空
在动物身上合拢：蜘蛛
以一条腿平稳悬于饥饿，
黑色苍蝇藏身树叶。
我的火创造出夜
将我围裹的夜。那意象
与流淌其下的。
静默紧随声响。
那绑定的和

那脱开的。这黏合,
光与其上的夜。

日复一日太阳

日复一日太阳伤害山峦直至入夏
绿在石上复苏,由丝缕而固实而苍黄。
古老的生命处处吟唱。

山艾穿透微物的躯壳。
旱谷里酷热烁石,地面漂移,
收拢来这点那点的干毛皮。

干涸的湖底,有人蜷缩在沙砾上
非关美丽与欲望,不过是
要将躯体晒暗。一个个

被遗忘的穴居动物形象。
食腐者,掘根者,恐惧崇拜者。
他们在焚烧,当一只猎鹰从长达一周的

捕猎中归来,撕裂在卡拉马塔山上
猎杀的一只旱獭的胸骨。
饱腹后她耸身栖息一棵枯树树冠

当她入眠,在她下方,荆棘林里,

瘦削的喜鹊,比饥饿更古老
跳起了它们的太阳之舞。

在边缘

在田地的

边缘,篱笆收集了

一整年的树叶。

刺槐树上有两只喜鹊。

硕圆的体型多亏了最后那只

死掉的老田鼠

还有猫猎食后

剩下的鼹鼠头。

农夫徒手捡出

多余的冬麦秸秆。

他已经反反复复

巡检了麦田

未浪费丝毫。

目击者

按那词被确知之义去认知,所知甚少,
甚或更少,一无所知,对着落日
沉思,一坐数小时,当白天
再次来临,世界将你变为太阳

铭记语词,只需铭记
语词并从虚无中创造过往
铭记我父亲,麦克考德·基德
这名字主导着节奏,对抗着时间驰骋

五十年前的牛仔竞技场上
在大草原,摊开的用刀剥下的
湿皮子,无影无踪的
麦克考德·基德,彰显于世的败绩

要了解这些往事
需得钻进那些口口相传的
语词,钻进
骑乘太阳,对抗时间的欲望

麦克考德·基德在雌马上刮擦着马刺

身后的马车上欢呼声四起
大家坐定在那观看这个
土小子对抗卡尔加里来的骑手

西瓜籽儿吐进尘土
烟卷卷上,挂在唇边
上前往帽里打赏,咧着嘴
笑或不笑,再后退钻回暗处

下面站着的,有人在厄拉的胸部揩油
有人啃着玉米或西瓜,卷着烟卷
喝着啤酒,酒瓶在纸袋里藏好
向皇家骑警咧个嘴,他们没马、靴上有尘

表演看或不看,场地周边
套着马具的马儿瞌睡,尾巴
甩赶簇拥在瓜皮上的蜜蜂,
苍蝇嘤嗡,若我所说只是它们的声音,会怎样?

会怎样?假如我试图攫取的是不属于我的
狂喜,假如这些不过是在说
(或真的或假的)我听来的故事
而到如今我不再相信它是说给我听的

目击者都已亡故?假如这只是我创造的一个

不曾存在的过去,从无中制造出
我的人民的历史,痛苦的或是
喜乐的,我父亲在麦克劳德要塞赛场上驰骋

拂晓前黑夜的最后几小时
我从空无中造出一个男人对抗着时间驰骋
我并为此痛苦,那雌马的皮毛之下
身体两侧痉挛的肌肉紧缩成团

她的鬃毛,黑色毛发羽毛般飞扬风中,
我确信我看见了,她眼里结壳的泥浆,
冲破她身体的呼吸,麦克考德·基德
身在半空,坠落,钟停了?

野　鸟

灯光已黯淡，月亮
西沉，作别夜空
退向海，我们得以返回自身
清算孤寂。如果时间
允许，我们或许可以期望的转变是

离去。忍受了时间的
损耗，却没留下我们时光的记忆。
持刃之手或馈赠之手
皆不足以致充实。形式从未属于
我们，我们的心灵之美，质疑

天堂。一次，远离海岸
我看见一群乌鸦与风对抗。
徒劳挣扎，再来，要触地了，
它们拍打翅膀对抗比它们
更伟大的力量。我们所有人

皆如我在海上看见的那些鸟，被强风
吹离我们的意愿。我阅读，
梦想着言词能改变

视野,铸人为完美的动物
并因此变形而永生。

还有什么可去梦的?不是这个,
不是抗击风的这个。喧嚣
是我们的创造,我们曾指靠的神是人:
再度变成我们之所是的事物,却成为
迷失海上的黑色灰烬,落败的野鸟。

冰风暴

似乎雪不只是一座监狱。
冰的眼皮在鸟的身上闭合，
鸟在雪之下。正如我不只是

这片田地的主人，我熟知放飞的
每一只鸟。我还会找到又一打冻僵的。
我的脚被严寒冻得猛缩回来，

踩破了，覆盖在它们墓穴上的
冰层，脚下这偶尔的轰响，
让人生气，挥舞起拳头。

存在的痕迹

醉了,毒素在我体内呼吸,
痛苦,我和那群骆驼差不多
为了寻找记忆中的沙漠,它们
丧生此地。想着它们漫行
在山地高原,逃开它们于其中
是外来者的自然世界。

麋鹿,马鹿,驯鹿,美洲狮
行猎杀前咳嗽的礼节,熊爪
深印在沙里,在横七竖八
腐烂三文鱼的残骸边上,光秃秃的
树,雪地中的骨骼,骆驼
喀迈拉,鬼魂,最后一头骆驼的死去。

在城市穿行,我阅读着欲望,
讣告,赞美的苦涩诗行,
以及记忆,日夜守候
等待欲望、等待赞美的记忆。
美丽的机器。诗篇,
有关欲望、赞美、可怕的浮华。

美丽的女人，不妥协的
男人是她们的伴侣，不再
怀疑的他们，成为祖辈的
他们，对万物崇拜的自豪，
伟大的巨石，直立的独石，对
名为"财产"的无尽幻象的各种姿态。

我开始相信我自己。
诗人的悲剧在于要成为
诗人。不顾一切。
不顾。而身在愤怒，困惑，痛苦，
变形，神秘，毁灭的
泪水，一开始就被错待的躯体中。

为什么麦克莱恩兄弟在我脑海里？
为什么他们一直是邪恶的混混，
出于惧怕而谋杀？为什么不像
比利小子①那样英勇？为什么
从前的我就是他们？垂死的众神？
彼得的罗马朝圣之旅？石上的鱼②？

---

① 比利小子是美国西部的逃犯和枪战高手，犯下多起命案，与加拿大的匪徒麦克莱恩兄弟一样都在 1881 年被处决。
② 彼得是耶稣的十二门徒之一，耶稣使他的渔网装满鱼，又用几条鱼和几块饼喂饱了众人，这些神迹使彼得信服。

存在的痕迹，不可能的人类
残骸，没有暂缓，没有中止，
纵有预示仍是转折再转折，
堕落，没有神圣的历史，逝去的
人类族群，无尽的仪式，死者
以及陪伴他们的，吟唱。

因为我在乎

因为我在乎云层的开敞
于是云层在我眼前敞开
就像房间里一个男人的眼
从一张他无法起身的床上
觑见了片刻四壁的墙
所以我在乎开着的窗
和窗下那个人的呼喊。

他的躯体比他想象的更衰老
夜晚他向它乞求
让他从病榻立起。
他的所爱不会予他以窗。
风吹分开了云层
所以我在乎尽管我一无所知
也无物能被知晓。

看云层敞开的地方,看
那里的云层有那么一刻敞开了
月亮穿透下方的黑暗
退至如此遥远的记忆中
似乎它总是不见,现在

以这夜的第一束光,试探性地
缓慢地,它回来了。

当光不再是光
当眼睛只为一瞬间的惊怕
当我们是什么的疑问出现
触碰到身旁的无论什么事物
只要它活着
只要它是某个东西
就并非是虚无而是我们。

群　鸦*

入夜，某处
一棵树倒下，越界。
一度我本当日落
而息，日出而作。
身体却熟知我的背叛。
即便蜡烛败退，残蜡吐尽
摇曳光焰。今夜我奋争于
这诗篇，仿佛从未如此用心
只想告诉你我之所知——
什么能被言说？语词是无根的
黑暗彩虹，是一群乌鸦，
对音乐的记忆衰减至需弄虚作假。
无辜，旧噩梦，拖曳在我身后
像一条影子，今天我再次戮杀。

身躯倒挂在它的三脚架上。
我的刀向上划过，冒着热气的五脏六腑
掉落地上。我砍断双腿

---

* 原文诗题为 A Murder of Crows，据诗集备注提示，指乌鸦的集体性名词，即鸦群。

割掉肛门,剥了皮
削掉脑袋;脂肪的蛆
黏附着淡红的肉。这就是死亡?

如果我能告知你那一刻的阒寂:
当躯体拒绝倒地
直至似乎是地板探身
将它拉倒,那么我就能告诉你
一切:当乌鸦飞过
草对它们所说,
苍苔的眼睛,石头的历史。

入夜,某处
一棵树倒下,越界。
我所爱的尽皆入眠。
还能说什么呢?
肉体耗尽,树上
黑色群鸟栖歇等待第一道光。
入夜,在山中
我无法对你说出当乌鸦飞过
草对它们说了些什么
我只能说出当我注目
视线如何在太阳下遗失了它们的身影。

心何等满溢热爱之浓郁

心何等满溢热爱之浓郁——
它腐蚀我的智慧,溺亡我于
心智的毒风暴中。
铭记垂死之态
被埋葬于爱之舞的巨浪。
清空你眼中所有贮存的形式。
这是空间的完满绿之境
树叶包含在它的生长中,
精妙的初生被风阻隔。
啊,心,我不能讥嘲你苦痛的大军。
正是这夜,空气,我再度沉溺于言词。
一块石头就够了,
一片叶子即成盛宴。

八十年代诗选

尺 度
——给 P. K. 佩吉①

那么尺度是什么？田里喜鹊在
观摩死亡，狗的眼睛硬如云石
呼吸仍冻结在它的唇边。这平静的安息，

土地已经放弃抵抗睡意，
雪下发出的声声哭喊。
正是风冰冷的长矛将我刺穿

并让我如是歌唱，你眼中的饥饿。
它是你后退的空间，
是伸出的待要触碰瓶中

冻结脆干花朵的手的紧张，
是一心渴求赞美时的紧张，
是士兵们徘徊在同伴尸首中时的音乐

或是穷人漫游的梦想，当他们终于
张嘴如囚禁的犯人般歌唱。

---

① P. K. 佩吉（P. K. Page，1916—2010），加拿大诗人、作家、艺术家，曾获总督文学奖等。早期诗歌倚重暗示性的意象与对具体场景的细致描写，后期诗歌形式上更为朴实，意象使用减少。

或是士兵向他们忠诚献身处的行进

或是穷人游行,富人在他们黑暗的
商务室内说出终于这就是答案,
这将赋予我们去做的权利,那么做吧。做什么

都行。田里稀疏的
草秆直楞楞地刺向空中。
穷人、破产的人,我们是无尽苦难的

承袭者,欲望的受托人,却几无所获。
双臂交叠胸前,飞升
直入我们自身。无痛的黑暗。或是伫立

田野,周遭空无一物,看
雪花的初降,祈祷
草的解脱,雪中一条狗的死亡?看

那儿。像烧焦的骨头一样严酷
一只喜鹊顶风弹动的舌头被僵住
风偷走了它咔哒哒的聒噪哭喊。

活　着

在那个草原大雪下温暖的白房子里
我给他们讲的不只是暴力。
那是另一个故事,我已记不清到底
发生了什么,现在说出来,不过是想填补
无话可说的空洞。那些故事
就像丁达尔的岩石里锁住的化石
没有人明白它们的意思。

我们已经在山路上开了五个小时,
止血带早已染红湿透而他坐在座位上
看着仪表板上的热丝显示
每隔一里路就抬一下手臂的断根。
耶稣啊,每抽完一支烟他就叫一次。
放在我们之间的粉红的冰淇淋桶里
那根断手在慢慢融化的冰块里变得黏糊泥泞。
他一直没有去看它。
后来就是习以为常的那种疯狂,护士
要他的姓名、出生日期,还一定要
拿出证件来核实,最后我终于提起他的袖管
让她看了一下。对此他咧嘴一笑。
看到血管和肌腱的那种样子

她转过身去。然后就由医生来管他。
我问其中一个他还能不能接上那根断手
但他说它大概已经死了。时间太久了
而且,反正他们没办法把它接上。

夜间行驶在北行的路上
我想到了那根锯子还有仍然挂在锯齿上的
碎肉。他们没有把它洗掉,
而是让它留在主锯下部的锯面上
一边煎着一边冷却。而那根手还在桶里。
冰早已化了。我把水倒出去,
看着它像一个空杯子一样蜷缩起来,
又像一只青黑色的蜘蛛睡着了一样。很奇怪
它好看还是难看都已经没什么关系。
我想过把它晒干,等他出来后
就还给他。这个念头让我笑出声来,
我能想见那只手挂在太阳下,
就在他住的窝棚的窗外。
阳光在指甲上来回跳跃,
拿东西也许能用来给鸟儿喂食,
几只灰噪鸦能栖在手指上
吃放在手心里的板油粒。
我心里想着这些事情。
当你的生活走低
必须穿过亮光的隧道时

事情就是这个样子。夜间,山路。

开到怒江①桥上我停下来。
那时我已经开了整整八个小时了。
但接下来就是最离谱的一段。
我把那根断手从桶里拿出来,在黑夜里
拎着它。那不过是一块肉而已,
你明白我的意思嘛。它也许能做成
一根短棍或者耙地的农具,
就像你的手臂睡着了的时候
感觉上就是,你知道
那儿什么东西也没有。对这块
从你身上掉下来的你自己,你能干什么?
我知道我不会留着它,也没办法
把它交给他老婆。埋了它?
为什么?它确实是死了
但他还活得好好的。
那会儿天又冷,又是在夜里,我
明天一早还要上早班。
我就把它从桥上高高地扔出去
有那么一瞬间,那些指头一动不动地
抓住了月亮,然后掉下来

---

① 加拿大有两条河叫"怒江"(Mad River)。诗中的这一条在西部卑诗省境内山区,水流湍急。另一条在安大略省。

掉进下面的黑暗之中。

(阿 九 译)

山还在

冬季,太阳几乎不是升起只是
匍匐在树木之上。我在昏暗中站立
挥动一只胳膊伸进日光
把麦粒撒在冰上
让飞落的鸟儿啄食。
被垂冰围困的
野猫声音喑哑,用它还能捱得下去的
自由来估量饥饿。小生命就在
它利爪的边上。
其他任一季节我都乐意目睹它
死去。可如今被雪凌虐的它
竟在我心头刮挠出了美,
清瘦苍白的孤凄。微弱的炸响
是鸟儿蹿上天空,
怒气冲冲,绕着那野东西的头盘旋,
让它两爪空空,被逐黑影穿过雪地。

无声的博弈
——给迈克尔和理查德①

我们命名隐藏的事物,
发明形状与颜色,
牙齿、爪子与羽毛,
发明的小怪物如针,巨大的
鸟群如云团
当它们被风放牧驱策
在被我们称之为山的
大地的断齿上撞散开来。
这便是所谓无声的博弈。

今天他们将我带入灌木丛
让我看那熊睡觉的地方。
不是真熊,
不是那头每天在我们屋后
洞坑里采食的家伙。
我们都知道那是什么。
在暗如记忆的树林里
我们停步,蹲伏。
在一起那么久了,现在

---

① 迈克尔和理查德,雷恩的两个儿子。

我们都忘了从何时起
我们开始不分彼此。

不是一头熊的这熊
从他苍苔的褥垫上起身
晃动他毛发蓬乱的脑袋。
一只苍蝇在他的头上划圈。
他的舌头松软耷拉
从我们的脸之间过去
当他自我们中间穿行。
我们转身目睹他离开。

回去的路上我们说得极少,
只停下来一次,观察一朵蘑菇的生长。
我将他们留在赤杨树边玩耍
自己端了杯咖啡坐在门廊。
再过些年他们就会上学,
进政府的学校,那里
会有城里来的年轻女人
教他们知识。

我想着,这么一来我们
会被一程程的山
与一千英里的大草原阻隔,
接着再一次那冷冰冰湿嗒嗒的舌头
在我的脸颊上留下了它的言词。

碎　片

记忆始于细小处，
刮落在植物根部的一张纸
我忘了在哪一个花园里，
一具孩子的尸体依然躺在桌上
在歌咏萦绕的房间。
岁月是有一种耐心
仿佛在我心里我一直
待在那儿，与一种我从来无法
理解的语言在一起。

是什么让我们成为陌生人？
我们的爱是什么？在过往岁月
它葆有得如此清晰：我能看到
但看不懂的言辞，
一个孩子稚小的死亡。
为什么它们能牵扯住我们，
为什么它们能将心撕裂？
我永不想再见的那石碑
在哪，过去的我又在哪？

我想着那歪歪扭扭的印迹

是一个喝醉的朋友在冰上
拖拽的身躯造出的
或是截距机下,尘土里
一个男人那只蜷曲成拳的手
医生用不上它了
我就带回了家
在寒冷中我的眼睛逐一清点
那些断裂的指甲,一枚银戒。

美梦的希望,水镜
掩蔽在岩石之中,细长影子
坠入睡乡,托起我记忆里的
这些碎片。我想着过往,
它如何以静默形象存续:
过往岁月中,我在还是童年时
见过的那张纸
是谁留下的字迹?它反复出现的梦中
我再费尽心力也无从
破译。是什么保存住
这些碎片?女人们
穿着她们的黑长袍
像火炉中生出的天鹅
她们的歌声环绕我左右,
男人们相互传递着
淡红葡萄酒,在一间破败工棚里

多年以前了,还有一个一动不动的孩子,
苍白,在洁净无垢的厨房桌子上。

冬戮

我知道在这土地最严寒的一角
握着剥皮刀的
同一只手写下了我的死亡。
这手臂折叠好生皮
钉上墙,来愈合
风长久缓慢的忧伤
这手臂只想有件可穿外套。

死去的对我的看护犹如雪
看护着海或是沙
看护着曾是一位母亲的那石头。
只有我自己需要为忧伤
负责。我活着因为我非得活着。

因丧失磨损的印痕太深
也无法信任消磨于
时间中的时间可获取宁静。
生皮在风中折卷
凝冻。一场冬戮。
爱的真相留存在这群山的
色泽中:一个男人冰冷的呼吸,

树木在一场火灾中硬脆的死亡
还有动物经行什么也没留下的
它们遗下的声声嚎叫。

我厌倦了你的权术

"怀着激情玩弄权术、非个性化"
——多萝西·利夫赛①

让我们清除虚荣
换上梦想,甚至用一个
拥抱终结这一切。
这母狗老了。她在阳光下
睡着,头沉重地
垫着前爪。鸟儿
总结:噪声是
不确定的暴行。
我们切不可
藏起我们的无辜,我们
称之为爱的遥远歌唱。

女士,我被你的关爱
弄晕了。心中
总响着一记闷雷。

---

① 多萝西·利夫赛(Dorothy Livesay,1909—1996),加拿大诗人,曾两次获得加拿大总督文学奖等。诗歌创作受法国象征派、社会福音运动影响。

我们要从爱中
催生权术？这母狗
老了。她在阳光下睡着，
体面，拥有沉默的
天赋。

我们将歌唱生活
之外的事物吗？那些
心灵小事：和平、智慧、卓越？
不过我们所言不只是
一只老狗，也不是鸟儿们的
安静，它们以扑腾来彰显
老狗年龄的优雅。
听，我也曾一度
年轻，认识一个女人
具有天生的美丽、勇敢
以及她与生俱来的
种种神秘。
我们不必怜悯她。
忧伤的同情
毫无用处。
她将她的爱
留在了一千张床上
直到失了心疯
堕入那名为

死亡的梦中。

现在我们要尊重她,
至少满足她的念想:
能够在太阳底下
将她受伤的头颅安歇在
她苍白的双手上。
这个遗愿并不神圣。
一人在静默中动容。
看,即便是鸟儿们
在她睡着时
也体面地沉默着。

土拨鼠
——给鲁迪·维贝①

推高的石头堆里挺拔的哨兵
你将这一天悉数分割成
沉默的碎片。我
原期望不被视为仇敌
不过这又是梦想者的歌吟。
将我的血泼上山冈。
惧怕不再构成我的成分。
我曾在你的石头堆中穿行。
我是那活着而被
驱逐流放的一员。

---

① 鲁迪·维贝（Rudy Wieby，生于 1934 年），加拿大作家，曾两次获总督文学奖。其小说多以加拿大大草原为背景，以他出身的门诺派教徒和原住民为题材。

支奴干

树下,饱食了冬天的
苹果,七只麻雀醉倒
在那里,小小的翅膀振打在雪上
似乎它们能飞进去
把冰雪变成一种空气一样自由的元素。

(阿 九 译)

花　园（1980）

赞美那观念：
无序的照管
因此那石头

你为美观
而摆放的，持续具有
一种刻意愉悦

仿佛出自某位神祇
所遗弃。
排放，布置好

植物，在你
欲望的
随机边界内。

这是那网
也是这网的
仪式。

规矩收获了什么

你会站在哪条路上
让你的眼睛观察到

空无？沙子
被耙梳入海
而海是

沙的幻象。
这个花园，迸发自
秩序的

欲望，但保留了
一声惊呼。它想
让你去想要

风暴。它准备好了
应对狂怒，唐突而
决绝的洪流。

野牛石*

这条河曾是一堵墙,阻挡了游荡的野牛
它们在夏末迁徙到了这里
之后再回头,一路往南觅食
进入美国枪支和猎人的地域
猎人将它们的舌头贩运到东部。
在蓝水之上沉思的山头
还有巨石留存。环绕巨石之基
泥坑弯弯形成深洼。
坑洼上方沼泽鹰在盘旋。

权且忘了猎人和他们的枪管,
老一辈的人希望
这些动物能回归此处广阔的草原,
农民用深犁
翻转罕见的颅骨朝向天空。
长的骨头要运去明尼阿波里斯市,
是从太阳那盗取的木炭的梦想。

---

* 野牛石,加拿大一些地区特有的一种贝壳类化石,在当地原住民黑脚族传说中是可以召唤野牛的圣石,宝石级别的称为斑彩石。

这河流之上一个孩子用石子打水漂
并不知道他石子悠长平滑的落下
是一段死亡的历史，他的呼吸
是风将要窃取的死之阻挡。
而我，想和历史谈谈，
要颂扬这阻挡，尽管食蜂鹩哭泣
土狼如鬼魅穿行
在这起伏的草原。

什么都无处弥补；只有
一个梦，一个攀爬的孩子，
还有河流之上的一个男人仍然
心怀复仇，懊恼悲伤，还有大地
坠落如一块平滑的石子，落入黑暗。

颅 骨

带着我的爱，远处的
群山，风
用它炽热的嘴
吞噬一切。

河流任我们飘荡进
更深处的缄默。
两只苍鹭惊飞。
流动的河。

四周空无
一物。仙人掌的
小小耐心
昂其首在一片

干燥地，我们
在暴风雨后
在追随
那只金色羚羊

闯入的山中发现的。

只需一次
漂流。我们找到了
去往那石头的路

野牛曾绕着它
行星运行
直到人类的到来
将它们的名字

湮没。我们曾
切望的是什么？
我只知道
何时我们

从远处群山繁衍
至偏远海滩
在那里，冲刷成曲线的
沙滩向天际延伸

我找到一个颅骨
它被风打磨
成了超越死亡的
一尊思考。

我不知道

它的名字,希望
它能再度披上毛皮
或是飞羽

如此我才能言说
它的一生。如今
它就蹲在
我们带回家的

那株仙人掌下
无名,纤小,
窗台上一块
缄默的白。

印第安营地圈
——给诺思洛普·弗莱①

1

这里没什么可拿来用的,只有富余的
草迎风屈伏。牛群来往
游荡,脸上滋生着麻木,
嘴巴是隐约的血肉机器,收割
干瘪的针茅。灰土,尘埃,难啃的硬草,
干枯的苍苔;缓慢扩张的
地衣在岩石上的惊人爆裂犹如
夺目的新星。

  看这些低矮的山丘。
这片土地未曾领受过犁耕
却受到散居牧场主的青睐。
他们驾驶光鲜的卡车,四处逡巡
追赶土狼,紧逼羚羊
直到它们超越血液极限
栽倒在铁丝网墙。

---

① 诺思洛普·弗莱(Northrop Frye, 1912—1991),加拿大文学评论家,20世纪西方最重要的文学理论家之一,开创了神话-原型批评理论。

2

我只剩下石头的营圈了,
靠着这形象我还能存在下去。
它们坐落在平缓的山丘
仿佛被碾进了有生命的尘土
长出骄傲的肉身。或是从时间中缓缓隆出
就像死人嘴里的牙齿
顶穿棕色皮革般的嘴唇
直至耗尽遮覆它们的面容。

3

一男一女行走在这些山丘。我看见他们了,
小小身躯顶着来自北方的寒潮。
他们的眼睛赞美着峡谷天然的
无序,矮小白杨罕有的立姿,
黎明的陡然刺痛。只是个意外
他们才发现自己已远离他们的城市
并且不确定他们该信仰什么。
他们的历史是列乌宾根①的墓室,
巨石阵的巨石,迈锡尼的墓地圈。

---

① 列乌宾根(Leubingen),德国地名,欧洲早期青铜文化的一个遗址,那里的墓葬出土了青铜器。下行中的巨石阵和迈锡尼都是欧洲早期文化的遗址。

这些石头圈就像大地上的坩埚，

中心的圈子寂寂无声，女人蹲下，

转过小脸避开风吹。她真想

自太阳诞生时她便一直在这儿。

在她下方，缓坡之上，男人

在搜寻一个箭矢，一把刮刀，

一些迹象来证明他来过这里。

欧洲

他们不曾见过但对它的

信仰却超越了对此处的。

它就像，他们说着。可是像什么呢？

是什么阻截了他们的话头？

对关切对象的背叛？只是自由的短暂风暴？

他们在这，这就够了，女人

陷入石头圈中，而男人

在她下方转来转去，他的双眼

试图找到印象之外的一个实物，

一小块雕成他自己的石头。

1980年的干旱

没有售出的奶牛倒在重锤下
最后的猪对一辆小货车尖叫,
车子停下,男人克制地咒骂。
一只黄狗转着圈,冲卡车吠嚷
工具在车上撂起老高。车子驶向
校准线,轮子一路碾压干草,嘎吱作响。
一个女人砰地关上纱门,列下损失清单:
勺子、杯子、塑料花的名字。
大地,被太阳撕裂,化为灰土
又被风撒向天空
在晨曦中造一道美的伤口
比即将到来的夜晚更美。
黎明在前方。
人在离去。
低语陌生的地名:
卡尔加里,温哥华,奥肯那根。
地名辗转过孩子们的唇边,辗转过后门廊,
门廊上的黄狗在木板上扣着趾爪,
辗转过卧室,不能泄露的惧怕藏身阴影,
辗转过每一处寻不见太阳的黑暗。

屠　案

依乎天理，
……
彼节者有间，
而刀刃者无厚；
以无厚入有间，
恢恢乎其于游刃心有余地矣。
——庄子

被扎心一刻，我的刀
上滑入喉，
断其颈动脉，鲜血激喷，
炽热如记忆，垂吊着的鸡
用翅膀拍打自己
向死亡扑棱而去。
像一股尿液，血中的
红色精力和泡沫
已被交付。第九个，我咕哝，
把尸体扔进箱子里
与它死去的弟兄们待在一块。

今天上午，我一直在
宰杀小公鸡。鲜活的一群

像白色的爬行动物挤在我脚边
啄食飞溅的血渍
还试图飞进尸体箱。
被啼叫声包围着,
我咒骂,将它们踢走,
把新宰杀的搬去谷仓。
还有清洗的活要忙。
我把谷仓门砰地关上,倚靠着,
背对它们的喧闹。宰好的
得浸在热水里。它们的羽毛
像风中的树叶一样被剥除。
它们知道我会回去。已等在
它们进不了的那扇门外。
当我把桶放回地上,屠案上
羽毛一阵飞旋。翅膀掠起的风暴
堆起了一座鸡之冢,当它们争抢着
将自己埋进还温热的血中。
我转身走开,知道桶
已空。它们在我身旁奔走。
胸口到鸡冠都染成血红。
眼被糊住,半被冻结,
它们跌跌撞撞,摔倒,再起来
狂野地互啄,
已经分不清谁是活的
谁是死的。

鼬 鼠

瘦削如死神,
棕黑色的鼬鼠掠过
如轻烟在夜坚实的沉默中穿梭。
小生物的世界在静止。它游走在
鸡舍下方。顶上的禽鸟
已埋首羽翼安睡,它则潜行
石块间,细鼻头正逐一检测
要揭开的盖板,小如只眼的洞,掉在地上的绳结,
被时间磨穿的缝隙。
它利齿咔哒作响。
酣眠的禽鸟下方,它一再地
探究黑暗。一只老鼠吓呆,
小嘴被林间的沉默攫住。
快速了结的生命。它蹿进自己的洞穴。
瘦削如死神,棕黑色的鼬鼠掠过
如轻烟。它的针爪搅扰了树林。
这夜漫长。
头顶上方的禽鸟血啪嗒滴落。

金色群山

他们带我去山谷深处的一个酒吧
落日早已舍弃了金色的山峦
我跟着他们穿过黑暗的街巷
那里老人沉入梦乡,孩子
做着美梦,女人入睡后缓缓翻身
酒吧里乐队演奏的歌曲自童年后
我就再未听过,有些古老到
从来未曾听闻,还有的只在
本地流传,在他们中间我欣喜快活
虽然他们都是陌生人,也不认识我
她可真美,为了她我跋涉了
一千多里,走过了白日与
黑夜,穿过风和高高的山上
触及蓝天的树木
只有草的空旷无尽
平原和高翔空中的鸟儿,
她可真美,充满我未曾知晓的种种
我在那儿畅饮,我在那儿与她
肆意跳舞,她与我共舞
没看任何别的男人只有我
直到我们的影子缠成一团

乐队迷失于自己的音乐

我心头的音乐正狂放,狂放的

还有我们的相拥而舞

而陌生人正高声捧场

     所以

我告诉你这些尽管你不会相信

别看在这里我还年轻

却也曾置身陌生人群

并且跳舞,她那时可真是个美人

也不问我为何离开了那个地方

她真的没问

有一天

有一天,世界很苦,
冬天很冷,而一个女人
坐在门边,盼着对面树林里
一个男人的到来。也许只是一个孩子病了
而那时并不是冬天。也许
在孩子的呼吸中尘埃已落,
那道气息脆弱得几乎不存在。
结核病或气管炎。也许
是这两个名词让她坐到那里,这些名词
都已经点出了病的名字,却不能治它。

也许那不是她要等的男人。
我们希望那是一个人。我们希望
有人来为这一刻解忧。在另一个农场
离这个妇人最近的女人也对着大门
坐在尘土里或者冰凉的地上。可她帮不上忙。
所以那人还得是一个男人。他在仓房里
看着他的马在呼气。
多么舒缓而优美,
它们的呼气几乎要凝结出完美的云朵。
它们的挽具从马厩上垂下来

虽然老旧，还是熠熠闪亮。而他也又老又旧。
那女人在门后等着
而他却怕走过去，因为她的眼睛
还有那个快要死去的孩子。

有时事情就是这样，
当时辰这么寒冷，当时辰
比眼中的灰尘长不了多少，
或者像呼吸中的水汽，门上的一根木刺
大到足以成为一生时，它却这么小，这么完美。
也许有士兵从远方归来，
纽扣上还沾着狼烟，或者闪着寒光，
尽管我们不知道他们为什么要到这里来，
或是一场风暴像一个磨盘
从北方翻卷而来走进它们的生活。

也许这就是冬天。
有雪。也许还有尘。
也许根本没有那个孩子，那个男人，女人
而我们心目中的那些词语还没有被发明出来
去为这些疾病命名，也没有孩子让它们夺走。
也许在它们之前那些名字就已经在那里
早已被人遗忘。暂时就让我们一想起它们
它们就去死掉，它们死完了
我们又想象它们活过来，

那座仓房,那呼吸,那个女人,那扇门。

(阿 九 译)

月形天蚕蛾

那个梦里是我住过的一个房间，
只是个梦。没有任何准备的我要
对付吱嘎刺耳的折叠床，破烂的
门，还有几面单薄的墙，薄到能听见
老鼠斜角肌发出的声音。
那段时光我忘得差不多了：
钢折叠床和老鼠，
悬着的灰暗灯泡像燃尽的太阳，
墙纸上碎裂的玫瑰
还有住在隔壁的那个老妇人。

夜里我们房间湿气浓重
她就在过道磨破的地毯上踱步
仿佛地毯通到某个地方
但到了楼梯井就通向了黑夜
于是她转身，踩着蓝色的织线折返。
她的皮肤玻璃般透薄。
有一次她邀请我同行但我太累了；
不，其实不是这样。是她老了，我
能嗅到她身上某种死亡的气息。
我太清楚这点所以害怕。

一天晚上她把我叫到她房间
指着窗户。被困在
暴风雨和夏季窗格之间
一只月形天蚕蛾挣扎在黑夜里，
单薄的翅膀在窗玻璃上留下
易碎的粉末。她年纪太大开不了窗。
黄漆又固结了窗缝。
现在我也记不清怎么处理的，
总之窗子最后打开了，而天蚕蛾
它本该飞走的却还在那里滞留
小小的身子背后是城市纠缠的灯光。

本可以探讨爱情，探讨年老者步入的
苍白尊严，有时年轻人也称之为
智慧，尽管他们宁肯叫它为更懂痛苦的
欲望，但那时我还年轻
而且是第一次独自浪迹街头。
下雨了，飘雨的天空雾气迷濛。
我看着窗外的城市，无处不在的
入睡的生命。她站在
我身后发着抖，双眼像困在
突降寒潮中的蓝色小动物，
在寻求一个处所安歇，躲藏。

这飞蛾，不知道已经得了自由，还停在

窗玻璃上，带着擦伤。老妇人
谢过对我的叨扰，于是我离开。
跟着我就打包好了行囊，去往北方。
但还记得我回头张望，那黄色的灯光，
她墙纸上的玫瑰和她贴着窗的
瘦削灰暗的脸，还有那只飞蛾
隔在我们之间像个箭头
指向一个它无法到达的月亮。

背负空杯的红鸟
——给洛尔娜①

天几乎黑了,当我请求大地
救我于风中,在她光亮肌肤的
皱褶里留住我的身体。但此前
我也请求过解脱。太阳
撞抵大地中断(一日)运转,这一破灭
见证了我找到的那东西:
一只背负空杯的红鸟。
它双眼已盲。这不可怕。
先前我已发出过预言。
沉默并非终结。

我曾行走在绵长山地寻求
宽恕。我找到的是这只红鸟
尽管所有迹象都预警它会飞走。
一轮升起的月亮。正是在那时
我惊扰了你不安的睡眠。
接着那只灰狗,羸瘦,还有在我
身旁的你,病着,痛苦于狗的无罪。

---

① 指洛尔娜·克罗齐。据克罗齐说,诗中描述的是一只鸟状的蛋杯。

那狗叼着一只鹿的
前腿；蹄子，还挂在
骨头上的鲜肉，疲累的众生。

宽恕我吧，时近老年。
我梦见父亲在花园里
冬天降临我们身上，他沮丧的笑声。
不只冬季，那几年对我们都太漫长。
要找到那只盲眼鸟和它的杯子。
它的背负像是个慰藉。因为它，我
将你从睡梦中拉起，领着你
穿越围篱和矮柳丛。
兴许有完美的超脱。
上帝知道，我想要信仰一些事物。

我会在这里记下发生过的事：那鸟
背负着一只空杯，那狗，
那只鹿的前腿，你的睡下
和起身，你病得奄奄一息时
我感到的痛苦，我的父亲，
所有这一切摆荡于心头
当我厌倦赞美之时。它永远都是当下
在你读这首诗时。它会变成新的
而你，那些夜晚，漫长的日子都要过去。
兴许能呼名便已足够优异。

我将不再谈及死亡，尽管
我想要死亡。有许许多多的仪式。
我还没有顺利通过但总会有
一个静谧时刻。我们的爱不会徒劳。
即便冬季降诸我们身上，而所有的
迹象都向我预警皆会离去，尽管
我的非法擅入会被问责，
但没关系。我们在此地赞美
遭际，赞美当下，此刻一只红鸟
为我们背负起一只空杯。

紫禁城

城中有座禁城。
禁城内有座花园
园内有奇石和假山，
精微的庙宇，瀑布
溅落水池，池内古老鱼种游弋如故。
暖夜盛放的樱花
君王与妻妾共舞
亦或阉人相伴，人人锦簇华美，
衣着精致的丝绸绣袍。
池中跃鲤浮金
晨露迎梵音。
琥珀酒倾诗篇就
得意尽欢碧玉凝，
嬉笑绵延象牙温润，
迤逦新宫殿宇间，
升起坟茔座座如团团冷月悬。

长　城

城墙上，有一次，一个人向着遥远的天边
望去，想象着他们什么时候
才会到来。他不知道他们是些什么人。
这道墙很多年前就已建成，远在
他出生之前，在他的父亲
出生之前。他一生都在
修补这道大墙，换掉那些掉落的
砖石，清除从石头缝里
像手指一样长出来的顽强的杂草。

墙内是一片和墙外
一样的土地，每当他被热风吹得
晕头转向，他就记不住
他在墙的哪一边住过，
但他永远忘不了那天的疑惑。
多少年来，除了自家的人他谁也看不见。
他们很多年前就被人派来
干这个差使，或许他父亲就是这么说的
但究竟是谁派的他也记不清了，
只知道那是在他那一辈以前。

但有那么一个时刻，总会有这么一次，
有个人停下手中的活计，放下工具，
向着干燥焦黄的远方看去
心里琢磨着他们什么时候才会来，就是那些
这道墙所要挡住的人。那一个时刻
他看到，大地与天空之间
有一道扬起的尘土，像被一脚踩爆的
马勃菌随风飘游的孢子。

他知道，除了等待没有别的选择，
他只能站在这道城墙上。一切都
平安无事，这道墙完美无缺，
人间极致。在他看来，
那朵扬尘不像只是卷起的尘土，
大风无中生有惹出的是非，
并终将重新归于无有。有那么一刻
他琢磨着要是他们真的来了又会怎样。
他们会因为他的劳苦，为他所花费的
时日和岁月而敬佩他吗？但他们
到底会来自墙的哪一侧？
没有人告诉过他该有什么事情发生。

他必须告诉自己的儿子，他想，还有
他老婆。他真希望父亲还活着
能见到他们的到来，但他已经不在了，

可还有他的儿子，他已经知道了
石头的秘密，已经睡着了①。
这是值得记住的一天。
这一辈子里，他从来没有像今天这样
害怕，也从来没有像这样开心。

(阿　九 译)

---

① 据雷恩说，这一行的意思是，他儿子已经知道这座高墙是怎么回事情，就接受了现状，懒得追问下去。隐喻的说法就是"睡着了"。

公社姑娘

入夜鹅群隐身翅羽间。
长脚虫在灯光中扑闪。疲惫的
女人捻好纸引线串起最后一挂鞭炮。
差不多够了。杭州的集市日。

一把干涩的嗓音好似扬谷机里的谷壳
她唱起"绿河边的姑娘",声音轻悄
不会惊醒她的男人和儿子们
他们赶牛垦新田,已然累瘫。

房间的一头加进来一把年轻的声音。
那是她的女儿,因为这月亮
和这温暖的夜晚,思绪纷扰难入眠。
原来呀,是有个怀想的人儿在心头。

红楼之梦

在那些银制墨盒上我找不到鹤的
标识。积灰发乌的盒子跻身
累累斑痕的玉蝠和散乱的狮子间。
墙上挂着一件件清朝的服装。
衣服上的针脚泄露菊花团纹的
凋零之舞。在各朝代的凌乱中
我搜寻古旧之物。一个老妇人
在古物中缓步穿行。
她有缠足的脚。它们是一个世界
最后的幻象,这世间不再认缠足之痛
为美。我想从中国带走的
发现原来只是我的红楼一梦。
怀着羞愧,我融入大街人潮
街上的年轻女人,鸟儿般明媚,
在梧桐树间奔跑嬉笑。

慢河之上

唱吧,燕子,枝干帝国上的
小勇士们。树木不会厌烦你们
而徐缓河流上的桥梁
会保护你们的窠巢,当风
送你们加入空中阳光灿烂的战斗。

对我歌唱树叶的不屈不挠,
无穷无尽,去而复来;
对我歌唱空中帝国里万物的
阴阳雌雄,闪亮的勇士们,
瓦蓝的世界里再无他物迅捷如你。

回 声

我要铭记那些声音
像是要知道一个灯泡烧坏时
它内里的情形。
灰色的玻璃像个古老的蛋
在远离内心的国度寻获。
"想要"是孤身一人时我们所言。
是新星爆发后迸发的光亮,
是远北地区光的明亮翅膀,
是飞翔的小生灵们无人旁观时,
翩翩的舞姿。那是
意义厌倦了尝试时的所去之地。

也是孩子将手电筒射向夜空时
他的视线会飞落的同一个地方
是他关闭手电筒后,想知道的
光的去处。它们比光更迅捷。

丢弃声音不是同一回事。
你的名字总能回到你身上。
它归来像是受伤的狗回来找主人。
像一只脸被撕开的狗,像一只

想啃食自己却发现痛的动物。
那就是你要铭记的声音。
那就是你追随萤火虫进入森林的原因,
越走越深,你的双眼想要知道
这流萤的冷火燃烧会是什么情形。

蒙娜丽莎

将玫瑰纹上肌肤的理由同于
我们再不能被信任时为何带着清白
跑开。它是我们想要的美,我们认定它是
鲜活的。米开朗基罗独自从黏土中
塑出人物时在爱着。如果知道达·芬奇
为何随身携带她的微笑
一路迢迢去到巴黎的宫廷
那么我们也会明白
那个酒吧里的年轻女人为何颤抖
当那个双手修长的男人掏出
打火机,替她烧掉她玫瑰文身上
长出的金色汗毛。

自治领日之舞*

夏季的这一夜

滞重的时辰,空气

像张迟缓的嘴,移动

在栗子叶簇,榆树枝头。

一个男孩在树阴下跳舞。

街对面的退伍军人大会堂里

起舞的音乐响起。

那个男孩舞动时在想象

有个女孩的胸膛

小巧完美让他苦恼

他还想挨近触碰。

今夜他发誓要

和一个漂亮姑娘跳舞。

他不知道不再落单的念想

却是孤独的开端。

那是一种新的忧惧。

它钻进了他体内就像笼子里关进了

一只动物,这东西——他的躯体

---

* 每年7月1日是加拿大的自治领日,用以纪念1867年加拿大自治领的成立。

确实在舞动,笨拙优美的姿态
而臂弯却空空。

兄　弟

——给约翰

成人前我们早就是兄弟了，
我们幼小，却因为那些时日总是伤害我们而变得强悍，
那时像"美"这样的词都需要去学习，
母亲让我们反反复复地拼写
直到词语似乎失去了意义
只剩下惩罚。那时我还没戴眼镜。
不知道自己几乎是盲目的，不知道
看到的其实并没有看见。多年后，凝视着
梵·高那令人惊叹的柏树，
那扭曲的蓝色痛苦像是一颗心置身群星，
我看见了我独创的世界，失焦的万物
并且明白只要一个孩子愿意，即便小鸟
也会死亡，群山也可燃烧。每次嗅到
新鲜面包，我就想起我们在黎明时分
穿着睡衣，攀出窗外，奔过巷子
去面包店偷取面包，正是面包最后冷却时
那温暖的发酵味将我们拉出了梦乡。

有时候当我害怕，我会步入山中的
树林。矮小的沙漠松
因为无用而得以存活于世。

土地尽是可怕的石块沙砾。
没有雨。"撑住",母亲本应该这么说
那我们就会一起拼写,我们的诵读声
如同歌唱。我记得去你那里要如何耗上一天,
往北骑行许久,你已陷入疯狂,我以为
你死了。就像正聆听一首战争的
歌谣,却突然意识到那里有人
正是在唱着它时倒地死去,对于不相信
他们的眼睛沙漠里的人,突然的沉默
在那奇怪国度里,便是生命的终结。

这就是为何山里的一棵松树将我治愈,
为何在唱完那些老歌后拥你在怀时
我开始理解词语是如何构成的,
"美"这个词的开头是些笨拙的字母,
"撑住"这个词里的声音在内部撑住它们的方式,
只有沙漠才知悉的雨,存在于远离
它们所来之地的鲜活生命,或是两个灰土中
伫立的孩子,他们张大的嘴巴
炽热的纯洁的心,留在他们身后的
喂鸟的面包屑。

幸福小镇

走在泥泞路上经过沼泽
我想着蝴蝶是我无法忍受的礼物，
会在太阳底下把阳光扒拉进它们的翅膀，
用它们的口器吮吸甘甜的水珠。
我还太年轻以为自己已经是个男人
以为那个小镇是个能安身的
地方，以为诸如熊或是渡鸦
或是女人身体这些事物足够成其为自身，
无需心计。以为走在我身边的那个男人
一只靴子里满是血不过是
一日终了那般寻常。一个男人用斧头
劈向了自己的躯体。这不稀奇，不就类似
一个男孩被挖走了一只眼，或一个女人
在卫生棉上流了一个月的血，害怕
告诉她男人她失去了怀着的他的孩子。

就是那年我妻子和我最好的朋友睡到了一起。
如今我可以告诉她那个夏季已被遗忘，
说身体里流走的血无法
归还，打开的伤口像一张不会
宽恕的嘴。身体内里露出

第一次感受空气感到的只是噪音,像是
蝴蝶第一次爬出它的茧
感受到的只有惊诧,于是不再进食。我记得
许多创伤经我手治愈的那些日子的
明亮,时间孤立存在。不是悲伤
或自怜,只是遗忘,一个男孩被铸炼成
男人时的那种感受,只想要被
拥抱,他生命中头一次,拥抱不是出于爱情。

那个世界的残骸保持自己为残骸,尽管
我们试图将它复原。多年持续的努力,
她收取下我采摘自田野的鲜花
插入罐中然后我们看着它们凋零。
我最记得的是那个受伤的男人,
他怀着穷苦人的尊严,告诉我他为
搅扰了我而抱歉,仿佛他的受伤应该留待
一个更合适的时间发生;我的双手将他
复归原形,伤口的缝线顺着他的腿攀爬
像是我凭空创造出的黑色小虫,
弯曲的钢针扎进他苍白的肉体,
针头下扯出一根细线如蝴蝶的
口器,他说道对不起,而我生命中
头一次知道了这句话必然的含义。

陀思妥耶夫斯基

1

森林小径上的一只死老鼠,蚂蚁和苍蝇
分享的盛宴。他能懂这个。
他能懂得在一棵树的
枝丫上踉跄的年幼乌鸦,
飞翔的羽翼还欠丰满。它们困惑,
天真,年轻不知道害怕。这点
让他担忧,让他想
抓住一只,在它的舌头上切个口
好让它能用乌鸦的语言说话,
那是翻译的语言,《罪与罚》的
第一章,《白痴》的
最后一章。他知道他是疯子。他不需要
弯弯的新月来告知这点。
不需要隐匿林间,
一个苍白的罪犯在修道院的花园
注视那个俊美的年轻修道士
看他从田野里带走一颗草莓
晚课途中慢慢地吃掉。
女人可以写男人吗?

男人可以写女人吗?

特里斯坦和伊索尔德①。太多

东西蜂拥在他的头脑中。陀思妥耶夫斯基是谁?

他想回答这问题。他在静修

把玩"耐性"。这是个孤独的游戏

只能在静修期进行,凡事皆有定数,

凡事按序出牌。那个修道士是只

身着黑长袍的乌鸦。陀思妥耶夫斯基。

2

年轻小伙是铁路牌的发牌员

黏上了一个德国富孀的身体。

他托起汗津津沉甸甸的胸部

放进自己嘴里。*爱情。性爱。*

他的嘴唇像死老鼠皮

他不知道为什么会变成

这样。他想着陀思妥耶夫斯基

他知道这副模样什么都无法挽回了。

天啊,他想,他们一定是在

牌桌上就闻到了,他们的身体没清洗,

熏透的香水味,包裹着珍珠。陀思妥耶夫斯基

在德国一家水疗馆和有钱的寡妇

---

① 中世纪传说中著名爱情故事。特里斯坦是传说中康沃尔国王的侄子,圆桌骑士之一,误喝下爱情魔药后与他叔父的新娘伊索尔德相恋。

赌博，输掉了所有身家，还想要

再输。赌的就是铁路牌。

那是公元十九世纪了。

米希金公爵①在高歌。

3

还是个孩子时他坐在地板上

盯着他母亲朋友的裆部。

那朋友在和他母亲说话，热着呢

她张开双腿，裙摆像一朵蓝色的花

从膝盖垂下。热茶和婚礼的蛋糕。

他寻思有只动物在啃咬她。

在德国一家水疗馆赌博流汗。

将惊人的美貌挥霍一空，全输了

就在翻一张牌的工夫。陀思妥耶夫斯基。

他寻思有只动物在啃咬她。

她低头向他微笑，知道珍珠

可不是露珠，不是浮在

月经海水上的乳白精液。

摩尼教的异端邪说。基督的血与

躯体。品味一颗草莓的修道士。

---

① 米希金公爵是陀思妥耶夫斯基的作品《白痴》里的人物，一个无辜的癫痫病患者。

4

在德国贵妇们戴珍珠
如果她们富有且胖,并是德国人
她们在十九世纪应季的
赌场里赌上几把。
拉斯科利尼夫①在他的房间里冒汗。
娜塔莎②快笑出了声。
有只动物在啃咬她。

5

他在玩一个名为"耐性"的游戏
他不要去思考。
所有的一切都在伤害他。
那个年轻修道士走去晚课,
嘴里有颗草莓。一只死老鼠。
鸦群在吟唱俄罗斯歌谣。
她吃着婚礼蛋糕,意识到
有个孩子在抬眼看她的裙装。
是因为这个她把双腿分开?
还是只是因为天热?

---

① 拉斯科利尼夫是陀思妥耶夫斯基的作品《罪与罚》里的人物,深受负罪感折磨。
② 娜塔莎,陀思妥耶夫斯基作品《被侮辱和被损害的》中的人物,一个无辜者。

与此同时那个游戏是"忍耐"
修道士们用高昂清脆的声音
在最后一小时吟诵《圣母经》,
晚课结束,夜祷开始。
乌鸦在树上跌跌绊绊
它们的母亲在尖啼
陀思妥耶夫斯基在他的房间里抽搐,
他妻子将木棍塞进他嘴里
以防他咬掉自己的舌头。

美

这个也是,美
雪中的羚羊。
只说我们能想象得出
这画面就够了?没别的了?

谁能明白,失意
在此歌中啜嚅。
但我们仍旧歌唱。
这是美。

但这并非答案
不如那羚羊
万兽中最优雅
最美的

它会告诉我们它们为何离开
走投无路
去到那里
完美立于雪中。

夜

明亮的房间里，播放着《G 小调慢板》① 的

无尽版本，我的朋友们，

这些了解沉默的少数人

知道这支乐曲就是痛苦

奥尔登·诺兰②感觉他仿佛跟跄着独自

步向死亡，撞到墙上。我保留着

象牙腰坠以及罗马卡拉卡拉浴场

带回的蓝瓷残片。

当我说起那种花的麝香味

说起它只在夏季盛放短暂的一夜

他们都能明白。仙人掌对我歌唱。

我有这么些事情要分享。这转瞬即逝的植物

在我们之中传递，精致如卡瓦菲斯③的诗句：

如同音乐湮灭于迥夜。

---

① 《G 小调慢板》，也被称作 Albinoni's adagio，该乐曲一般标注由阿尔比诺尼作曲，贾佐托整理，曲调悠长忧伤。

② 奥尔登·诺兰（Alden Nowlan, 1933—1983），加拿大诗人、小说家、剧作家，曾获总督文学奖等奖项，与雷恩同为自学成才、扎根劳动阶层的诗人。

③ 康斯坦丁·卡瓦菲斯（Constantine Cavafy, 1863—1933），希腊诗人，其有意识的个体独特诗风使他成为 20 世纪希腊乃至西方诗坛最重要的诗人之一。

我在书房想着这句诗,想着它如何
在我的物事中辗转:
在西安随兴购入的残旧玉狮,
我父亲的相片,那帧安静的留影上
是年轻的他在 1943 年的欧洲,
还有我的诗,绝不会露脸的那些
残篇断章。这些我都自己留着。它们是
另一种沉默,当朋友们离去,当夜
极度缓慢地在我手中
挪移,这沉默就对我歌唱。

九十年代诗选

冬季·1

雪的慷慨，它对越轨的
宽恕，填补了多少背叛
并让世界精确地
保持着原来的样子。想象一个男人
永远在行走，寻找自己的足迹，
却发现他正沿着一个圆圈回转。想象
他的失意。看他如何再一次出发
走出一个新的方向，巴望着这条路
能带他走出循环。想象这一次
他会多么欢喜包围着他的风，
他走的每一步所携带的风。

他想着那个男人，
寻思着是什么让他一直走着。
想到了雪，
那小小而洁白的晶粒钻进
他的脚踏出的小坑，
将一切都填补起来，
不给绝望留下一点空间。

(阿　九 译)

冬季·7

他握在手里的
是冬的秃骨,一把冰块
纤细如一把十五世纪的西班牙匕首
科尔多瓦流行的款式。一把女式匕首
可以拢在袖间,用来对付
不忠的情人。精致的曲线,
一个小浮凸,正好
在拥抱时顺势扎进心房。
他盯着手里的这物件
看着它变形,幻化
消融成一汪浅水。他几乎
担心会使它还原为元素。

冬季·13

简短的冰释之后,现在
一切又重新封冻。外面
松鸡漫飞,不住地
试图找出回去的路,
飞到它们认为
能脱离苦寒的地方。
在它们身下,它们白色的姐妹
正在晶莹的冰面下挣扎。
在某个罕见的瞬间,
当它们静止下来
它们就成了彼此的镜像,
每一个都正在死去,每一个
都盼着能有对方的困境,
坚信着对方的哭喊不过是一些
谎言,仅仅是想
以此来折磨它们。

(阿 九 译)

冬季·14

月亮在云层合拢前抵达,
空中硬实的光亮。饥饿的月亮。

时间亘长。耐性短暂。
雪鸮入梦寐,在园中栖柱上。

冬季·15

脆弱,无处可去。
问题太多。诸如
蛇去了哪里?
他要的是
静止,绝对的零
万物归一,
完美的静止,
等待。脆弱,正如
蛇知悉
气温的下降,它们的
身体会跟着逐渐
变冷。这么多问题,
像是什么?去哪里?
诸如此类,那个词
"诸如"让一切皆有可能,
脆弱与蛇,
滞重行缓的夜。

冬季·16

一切都在运转又毫无变化。没有叶子的树
在忧伤地舞蹈,不让
任何事物走近它们的身边。不是忧伤,
也不是这埋在雪底的雪,而是一种缓慢的遗忘。
老月亮睡着,腋下孵着小月亮。
这样的词语从暗夜里
走出,多想睡去
又无法入眠。伸出手,
指端却除了一阵寒意一无所有。
幻想着肉体,它的需要,就像那些
记不住自己叶子的树,带着持久而喑哑的悲哀
正忧伤地舞蹈,它们黯淡的移动
是这雪夜单调的乐曲。

(阿 九 译)

冬季·18

空房间里的裸体
年轻女孩供奉出自己。如此清冷的献礼,
如此无望的舞蹈,如此不完整
只有纯真可以奉上。她的爱,如此笨拙
全无挑逗,撂给他
两个选项:越界或是改弦更张。
结实的溃败。
他要如何圣化自身才能承受损失。
如果他内心里有什么
像是爱
那就是她袜子上的两个小白绒球
这冰冷地板上她唯一的衣着
在他身边舞动时,
恰似初秋的雪。

冬季 · 19

他的泪水迅速冻结,凝成
精致的冰晶挂在他唇边灰白髭须上。
若是他能在风中稳当地站立
他就能透露它们微不可闻的音乐。

冬季·20

冬天不是科尔维尔①,不是那种毫无感觉的

情绪,没有忧伤的克制。

他不是我们所想象的那样。我们不是

他狭隘心胸的对象,那种精确

是刻意表演的,用来教训他人。

想象一个女人

当走过一场雪暴时

她身后留下的飘雪下的空间。

我们想那是一种混乱,

但只是从当然的存在退化为偶尔的闯入。

他所称赞的另一种秩序。

那是雕塑者举起凿子之前的

滑石,是一种形式之前的形式,

没有遗憾的苍凉。那是

因杂念而陌生的空间里的本分。

是对这样一个问题的回答:

这到底是什么意思?

---

① 科尔维尔(David Alexander Colville, 1920—2013),加拿大写实主义画家,主要画野生动物。

是一个爱斯基摩老人对这种古怪问题回报的大笑。

(阿　九译)

冬季·25

树上的冰霜是浓雾遗留的
美,雾最终被寒冷
吞噬,幽晦化身成光,
是心灵甫一苏醒即洞悉的光明世界。
它关于夜的记忆所剩无几,摔倒的
动物正吟唱,当公路上的车轮
撕开它通体洁白的肉身,碾压过后
没有丝毫的犹豫,便相信这是宿命使然
沿着那公路行驶下去,那公路是动物们
夜间穿行的生命交汇点。
亦或他记得的是关乎他手的梦,
它们对纯真的触摸
知道当纯真哭喊时它们所握为何
永不会忘记。
这就是内在于"永不会"一词里的东西。
越界,是因为美过于自恋。
变形,是因为罪行犯下后
除了照亮它,
再也做不了什么。

冬季·31

孩子在雪中所寻得的正是船只
在海中所获的,一道残留的尾波,一簇泡沫
沉陷回自身,其余所有人都在
等待重返,丰盈在握,
谷物再度生长,祈愿者
赞美神的呼声不绝。孩子对此
一无所知。他被送出门外玩耍,
而后他发现了愁苦。

他意识到雪地上发现的足迹
正是他自己的,他一个人的。他的懊丧,以及
这个寒冷消极世界的静谧,竟如此甜美。
某种完美的反叛,当所有人都在等待
而他却知道重返不会发生。
如果他是位牧师,他会说:
"第一段经文到此结束。"

冬季·35

有个故事说到，一个男人走进暴风雪中
再也没有回来。我们都听过那个故事。
这个故事是关于忧伤和音乐，
所有的舞蹈都是为了逃避
美德，每个人都被一种更高级的犯罪动摇，
还有完事之后的那种空虚，
那种身体早已深知的空虚
以受难般正式的温柔，一切都完了，
一切都在伊甸以东被宽恕。

然后，就是另一个故事，说的是
那个男人走出了风暴，
冰凌在他的胡须上融化，它巨大的手掌
在火上移动，对预感将来的恐惧，
那个女人的安静，在他的杯碗中盛满
所有的食品，希望那样就
行了，希望他能满足于那样，
也知道他不会满足，也知道
读者们会把故事的这一段成为
中卷，并期待一次变化，另一个
开始，然后在人们

料到之前就结束这个故事
让每个人都哭出声来,每个人
都好像在说:快在悲哀中倒下!
或者:这就是巴比伦的重负。

还有另一个故事,事情总是这样。
那是关于……
当然,当然。
这小小的房间里只有一盏灯,该有多冷。

(阿 九译)

冬季·40

她是一个北方女人,比一个女孩子
大不了多少,她走过茫茫雪原
来寻找梦中的异象。她的眼睛上
戴着一个骨片,上面留着一条
遮光的细缝,这样就不会让她雪盲。
她找到的那个男人不属于以下
四类分子:父亲、兄弟、情人、儿子。
他是雪在梦里交给她的那个人。

他曾在远海上漂流,
他的水手已死,他的船也在冰中残破。
假如那里有人翻译他的歌,
第一行的开头一定是:终于。
但只有她在那里。
当他歌唱的时候,她切掉了他的手指,
这小小的指骨和二十六颗
牙齿串成了她的项链。

这就是她的药,就是
坐月子的女人肚皮上拴着的
那一串,就是打猎归来两手空空的

男人们的头颅,

他们的魂变成了雪。

他多像一个真人,她想。

多么真实的梦,还有那冰上的血。

他多么消瘦,他的身体多像一堆雪。

(阿 九 译)

冬季·41

身在旅途却不知
你正在一场旅行中,是要去理解恩典,
这是他用那个充满雪的
玻璃球在做的事。
球里有个小孩永远无处可去,
他一只脚始终固定在冰上,
而另一只做出迈步出发的姿态。
春天到来时所有留下的都仍是
他想要记住的冬的样子:
虔诚,因为在雨中万物颓丧。
某种忧伤,必将为他所有。
也就是那里面存在的,每当他晃动它,
雪便狂暴地漫天飞扬。

冬季·42

它来了,在归来之后
在已赢得一切,躯体享用盛宴之后。
它来了,就在那之后。
这就是那个故事要说的全部,
之后是穿过大门的撞击,
叫喊声,悲恸
英雄将所有的死者抛诸身后
寻获的却是恐怖。

冬季·45

这无名的男人①反穿雪鞋
向前走,倒立,肩背弓隆。
这男人曾在严冬之际
攀过群山,如今横渡隘口,
向西进入雪地。

他们追踪的这个男人。

他留下了众多印迹,每一道
对他的追踪者
都是完美的地图和书法。

他随心转向,
自行留下足迹,
交叉再交叉,天生的动物。

这条路,这条路,他们会大喊。

---

① 指艾伯特·约翰逊(Albert Johnson),上世纪三十年代加拿大历史上最著名的逃犯,以躲避加拿大皇家骑警的追捕,在严寒中卓绝的生存能力而闻名。

他行走，倒立，肩背弓隆，
朝着他自身迅疾的死亡走去，他的呼吸
变得急促艰难，
呼吸，
离去。

荒郊野外

我们就这样开了一个多小时,父亲的手
一直搁在卡车的方向盘上,我们开得越来越远,
开进山里,两个人都看着
山艾树和零散的松树在窗外
掠过,都一言不发。他不知道
该把我怎么办。我想他肯定想过
让我去死,所有跟儿子不共戴天的男人
都会这么想。我想那就是他为什么要
开这么远,因为他怕一旦停下来
他不知道该怎么办。我们走的时候
我妈哭了,她的手捂在嘴上,
透过分开的手指喊着
父亲的名字,她把他的名字
喊得像是一个问句。我
在他旁边平静地坐着,
知道这几小时里,他完全是属于我的。

他把我脱个精光,在白天的最后一个小时,
让我背对着他站着,我打着赤脚
站在泥地上,背和屁股对着他,
一丝不挂的小男孩,两个手撑在汽车前盖上,

两眼撇开那块钢板朝对面山上看着。

我记得,有根树枝落在
我身上,记得那白白的木条子在空中挥舞时
抡出的声音,当我一遍遍倒下
又站起来,我全身的肉也对着他挺起来,
又倒下。我已经记不清那种痛,
只记得一个小男孩
挨打时的感觉,那种反抗
和失败,还有我肉里头发出的声音。

我最后一次站起来,父亲也把那根木条子
扔在我旁边的地上。
我站在那里,骨头里面在想,你别
停下来啊,想刚刚发生的能继续下去,就这么
一直打下去好了,而父亲的手按在我身上。

似乎打个半死才是爱,似乎①
那一顿毒打也是一种抬举,是一个男人
用巨手把一个孩子举起来,又扔出去,
扔到天上,那男孩在掉下去时狂野的笑声
多像一个根本性的问题,拷问着两个人的一生,

---

① 雷恩对译者解释说:"父亲相信,一定要在意志和身体上把那个男孩子摧垮。既然父亲这样想,那男孩能理解他的意图的唯一办法就是,将他的施暴当作爱来接受。"

一样的血液在他们的胸中激荡。

(阿 九 译)

父与子

我将穿越那片生长缓慢的高草地
那里沙漠的烈日在石头间等待
我将进入到重土层中
将你的躯体抬升回日间。
我的双手下潜游弋于黏土
就像白鱼在地底洞穴的水潭中
漫游,它们将找到你
在你一个世纪的长眠所躺之地。

我的双臂将巨大如树根,
我的双肩是树叶,双手精巧
如白水中的鱼鳍。
当我找到你,我将托举起你
置身阳光下,以一个儿子
必有的方式抱住你,他如今
和你去世是一样的年纪。
我必托举臂弯中的你,负载你回来。

我的呼吸将从你眼中
吹走泥土,我的唇将触碰
你的唇。他们会说起往昔岁月

漫长。他们会将"爱"这个词一遍遍念及，
直至嵌进你的肉身，
仿佛它就是整个地球原初的
第一词。我将与你共舞，而你
将如一名孩童在我臂弯内沉睡
听我对太阳陈情，赐福这个死去的男人。

那时我将抱着你，你受伤的嘴努起
抵入我的胸膛，我取来你失去的血肉
纳入我，以我造你，当你成为
我骨中的骨，血中的血①，
我将伴你走进山中，携你
形单影只坐下，我们谁也不会
感到羞惭。我的手和你的手。

我将举起这两只手，让它们
相握，掌心相抵，让它们指天
说到，这就是赞美，这就是
父与子的相互握持。我向你允诺
正如我曾想要允诺你的，在我们沉默的
那些日子，在我们沉睡的那些夜晚。

---

① 化用《圣经·创世记》典故：那人说，这是我骨中的骨，肉中的肉，可以称她为女人，因为她是从男人身上取出来的。

等着我，我正穿越草地而来
越过石堆。动物
和鸟的眼睛正盯着我。
我在勇力前行。
瞧，我快到那里了。
如果你聆听，便会听到我。
我嘴巴开启，正放声歌唱。

哀悼的姿态

他已走出皮蒂宫①,步入雨中,想着
弗兰斯·哈尔斯②挂在角落高处的那幅绘画
那里的光线最暗,无人侵扰。
画中是个持哀悼姿态的年轻女孩。
她让他想起多年前曾在
南非见过的一只秃鹫,它蜷缩在
天竺葵下躲雨,
眼睛一眨不眨,两只黑色翅膀
从红色翅根垂下木桩般直扎地表,
在它之上的一切开出一片花红。
雨砸落在它光秃的头顶上。
但那是多年以前他还年轻时。
那时他以为他懂得
这样一场放逐的浩大。

但这不是麦德林③,这是

---

① 皮蒂宫(Pitti Palace),意大利佛罗伦萨的一座文艺复兴时期的建筑,现为多个博物馆所在地。
② 弗兰斯·哈尔斯(Frans Hals,1582—1666),荷兰现实主义画派的奠基人,也是17世纪荷兰杰出的肖像画家。
③ 麦德林(Medellin),哥伦比亚第二大城市,安蒂奥基亚省首府。

携其全部无损明确性的佛罗伦萨，
它的太过丰富是一种疲老的记忆，有害
如同在冬日的意大利
与雨抗争的光。这光也
蕴含在自内部腐烂的苹果中，
从中心长出的铁锈色缓缓
向栖居在表皮上的美蔓延。

这就是艺术了，他想，想要的
任性，选择天真
作为"丧失"的模特。他想象弗兰斯·哈尔斯
染色的双手，它们褪去那个年轻女孩
衣裙时的笃定，从北边
窗户射入的光线，女孩母亲
正在门口点数银钱
画布已备好，这支画笔、其他的画笔。

后半夜这宫殿如他所愿，
墙壁腐坏，壁画剥落。那里的这个女孩
却鲜活依旧，某人想要的并不多。
这个世纪不会为她添色上彩。
他看着她的胸部和她纤长的手腕，
懂得了化身残酷的愉悦
植根内心，是身体长出的某种淤斑，
并且那时就知道

他不是在说她而是在说他自己。

你想要我伤害你? 他问。
不,她回答,没必要①,
她的口音特别,主人也一样,
这个大块头的英国人光着发红的脚
一直絮叨着他母亲和她的厌憎,
说他还是个孩子时,母亲告诉过他
这个女孩和他父亲睡过
就一次,没做成,还告诉我不要理睬她。
她来自罗马,他说。但她们对罗马一无所知。

---

① non c'e necessita,意大利语。

脆　弱

她来自诺曼底，下塞纳河区的
一个村子
那里出产优质苹果白兰地，只在
那里才有。她个子很小。
他记得那感觉，她的脚骨
在他手里的纤弱。他们相遇
在库斯科①，那座切石垒起的城，
然后在卡塔赫纳②分开，在游客
未至之前。那里，
如果你闭上眼睛嗅闻
就能忆起德雷克③和他的掠夺，
他的女王和荣耀。红头发的她
肌肤白皙透明，即便在夜里
将熄的烛光中也能被透视。

---

① 库斯科（Cuzco），秘鲁的城市，昔日印加帝国的首都。
② 卡塔赫纳（Cartagena），哥伦比亚港口城市。
③ 弗朗西斯·德雷克（Francis Drake, 1540—1596），英国伊丽莎白一世时的海军将领，著名航海家，因大败西班牙无敌舰队被封为爵士。

吸火者
——纪念马赛尔·霍恩①

她将他带去房后田里的棚屋。
整整六天他赤裸着坐在黑暗中,没有食物,
允许喝的水在新墨西哥州的热浪里
也慢慢发臭。最后一天,那个吉卜赛女人
走进来告诉他她厌烦了他的没耐性。
她开始讲述她过的日子,早上待在市场,
她的丈夫酗酒,女儿和一个
在德州卖瓜的墨西哥商人交往后做了妓女。
她一边说一边开始点火柴,
在她膝头上的一块扁平石上擦着。
她紧挨着他坐,每点燃一根火柴,
就将它贴近他肌肤,戳上去,
燃烧的火柴,他自己皮肉的气味。
他看着他的胳膊、胸膛,沿这一路
火柴有时候会一直燃烧
到尽,没有脱落,蜷曲的火柴杆,
他身上伸出的那些细黑杆像脆弱的棘刺。
这一幕持续了很久,直到他再也想不起来

---

① 马赛尔·霍恩(Marcel Horne, 1942—1980),多伦多知名的表演艺人,以嘴含汽油、喷至火把、燃点大火球而闻名。

为什么他会在那里,汗水从他的脸庞和肩膀
流淌到身上,这甜咸味在触碰着他的伤口。
然后她拉开他嘴巴,烧他的舌头和嘴唇。
你感觉到的痛是外在的痛,她说。
接下来我还会让你领教另一种痛。
学完了这些你才准备好了
去吸火。

平　衡

他看着那群马奔过来,它们的身影在午后特别硕大,

塑胶马掌的声响在众人的尖叫中显得沉闷,

骑手们左右挥舞着马鞭。

他正看着,只见一个女人抱着婴儿眼看着就要闯到

一匹黑马的身下,那骑手像马球选手一样朝一边

侧过去,那马儿也细心地不踩到她

只是在她倒下时轻轻碰了一下她的肩膀。

那马儿和骑手看起来像是针对这种情况早已

练过很久,那骑手完美地保持着平衡,

那马儿跑得更是轻灵绝尘,虽然

它皮下颤动的硕大肌块都能看得分明,

后来,人群终于从阳光大街①

分流到很多狭窄的小街上。

他一直记得那个场景,那匹马的温存

在那么大的身躯里真是难以想象,那骑手的稳健优雅,

还有那个妇人

在他们飞奔过后站起来,她脸上的表情,

那婴儿的哭声,万人空巷的大街,人们

---

①　这首诗写于哥伦比亚的麦德林市,阳光大街是该城的一条街道。诗中写的是赛马场景。

从门口回到桌边坐下,
侍者端来了葡萄酒和啤酒。

(阿 九 译)

细　节

这房间是 30 乘 30 英寸的大小
细铁丝罩里亮着一盏灯
悬在他头顶的天花板上。
他能站着却无法坐下，
一周后他双腿开始肿胀。
窄门的木板是淡黄色。
是种他从未见过的木头。
近乎没有纹理，窄板上的
细纹路几乎看不出来，
只有细微的不同。他耗费时日
追踪这些纹路，就像锯子
以同样的方式追随木头
深入木芯，锯痕
一次次地加深。他知道
多年后他会说起这个故事
当他说时在那个地方
他的听众会摇摇头，
理解他对这些细节的执着，
他的双腿浮肿，这灯光，
这细铁丝罩
他一直尝试却总是够不着。

晚　餐

我想和那个没有跟基督走的男人

共进晚餐，就是那个

当耶稣对他说："来跟从我，

我要叫你们得人如鱼"① 时，选择

去打鱼的那个人，他走到他的船上，

划离岸边，他的网刚刚补好，

干净如初，心想这下

我得更拼命地干活，才能养活

还在岸上的人。我想邀他到海边坐下

在一堆被细心照看的篝火边，

在他的老婆孩子睡着的时候，

跟他干一杯葡萄酒，然后说些

彼此的故事，自己一生里

做过的事情，我们抓到的那些鱼，

还有跑掉的那些。

（阿　九 译）

---

　　① 耶稣呼召首批门徒的故事，参见《圣经·马太福音》4：19—20。

手　掌

有些人为美所震撼
他们放下双手,为
陨落的天使哭泣,为寒冰
使花瓣在早春凋零哭泣。
内心碎裂之际,我们才爱它如斯。
我想着你的手掌,掌心的纹路
告诉我你将永恒持久。
我在你称之为家的山峦处想象你,
某些草原在最末一场雪后
长出番红花。在你所在之地
你触到最后的冬
造出一抹突兀的蓝,如你手中
突现一花。小小的骨,
当你身在远方
夜多么难耐。此地天使
唯有夜枭。它们离我之际,
亦留下它们的羽翼在雪地。

水　结

她绝不曾从那场雨中回来，结了死结的水
像是一道不会愈合的伤口。在破窗户边
与他做爱之后，她就去了
那婴孩那里。死亡如此渺小。
孩子一周大时，他还亲吻过它
两腿之间，说他要当第一个
这么做的男人。第三周孩子死去。
他从她那里接过，他们三人渺小得
像水在屋子里混乱成漩涡。而后她双臂
空空，在空气中挥打如血肉之刃。
荒弃的月亮，我们离这样的日子多么遥远！
那里细雨潺潺，她总是走入那雨中
像一具决意溺亡的肉体。
那双臂像扫荡的利刃
亮晃晃的挥舞下是片片碎裂的天空。

美洲狮

这头美洲狮从她的高枝上摔落之前
在这棵黄松上支撑了一会,她背部
拱起,尾巴僵直,森林也陷入停滞。
需要探究的种种静默,
每一种都在祝祷:其中一种追随着
父亲对孩子的盛怒,女人对男人的盛怒,
孩子的眼泪——你观望,似乎这闹嚷之声
是你必须学会的一门语言。然而一头美洲狮的摔落?
万物不曾如此静默。即便风也屏息聆听。
硬壳虫,为死亡奔波,举起它们的节肢,
灰噪鸦悄然退场,渡鸦现身
像是凭空而来。
就是要目睹这事物奉上给她自己的
唯一献礼——死亡,感受在她心脏里的爆裂,
这是她自造的爆裂,并非来自树下的那些人
并非那些猎犬,他们都目睹着她
从树枝上摔落,还有紧随的声音爆响,
而后它们冷酷的嘴啃进那已经丧生的。
这个男孩骑在马上,马儿太老跑不动了,
男孩注视着,不理解这些人
在她下坠时,用他们的来复枪射击太阳,

似乎凭借这股子兴高采烈
他们能将一抹黑暗带入这世间。

第一次

第一次
我看见一只小鸡
没有头
跑过院子

我也想
这样干

我想要
去杀某物
完美如是
它仍活着

太空旷,太凶猛

当黎明足够彰显
你将出门走进浓稠的蓝中,在鸟浴池里
找到一只猫爪,是乌鸦给清晨的献礼。
昨夜当你出发,赤足走在
铁轨上,行至河上桥头,有一瞬间
你相信自己不会坠下。如今,这个清晨,
你发抖得厉害,握不住这杯,
将脸贴向杯子,你的舌头变成了
灰暗、试图溺亡的肉块。
室外,孑孓扑腾
飞旋在爪子和爪上拴着的细红线间
鸟儿们正前来沐浴。老乌鸦,
我会尽我所能地快快前来。

飞 蛾

空气像一棵树般呼吸,就在黎明前
我的双手曾停歇在你身体上
拥着你入睡,如今双手离开我,
像蛾子般飞翔,只有夜
指引着它们,驱双翼飞往大海。
我落在后面,看到的全是
死者,他们聚集此处,将这一小时
从许多个小时中解放出来。

苍白的飞蛾,夜的柔软飞鸟,

在他们的灰白脸庞中移动,触碰
他们羞怯的小脚,净化那亟需
净化的黑暗,死者们因赐福
前来聚于这黑。飞蛾啊,用你们的翅膀
触碰他们的唇,让他们得以歌唱。
当心沉睡时,为他们,成为那心。

二十一世纪诗选

大闪蝶

——给玛丽①

它们没有迷失。这些黄蝶在一条
湿烂的泥路上卸下了它们的口器,
终止了飞翔。那就是衰老,
一个我年轻时会说的故事。
不是一头鹿在路当中,虽说我眼见着
一只动物撞上我的车灯,碎成一堆
皮毛或羽毛,随即我停车,
从散热器格栅上弄走它的尸体。不是
单个完整的记忆。是脑中画面
纷飞。长久漫游后是
悠长的歇息,像眼睛对我们身体那般
重要的双翼,已疲惫萎顿。有一次
刚成年时,我站在大雪中,雪
差点截断了公路,在一座废弃棚屋的
裂冰中我发现了一只蓝光闪闪的蝴蝶。
我试着呵气回暖它的生命,但仍有那一刻
纤弱的它坠落我们手心,而后死去。
是怎样的哥斯达黎加疾风才会将这蓝色虹彩
刮入我手中,又为何从我体内

---

① 玛丽,雷恩的第一任妻子。

召来的气息还不够为它续命？一个世纪般久远，
我还是会梦见它的细足在我手上，
它亮如明镜的翅膀。当它在我掌心
抖颤，我在破裂的闪光中看见了自身。
主啊，那是冬天。寒冷的我。还躺在
床上的你，抱着我们的第一个儿子，
瘦削的胸膛流淌着乳汁。
那时我在大山里修路，
太久远的记忆，都记不清了，
现在想来那就是一具身躯在持握者手里
自行破裂的方式，倒入瓶中的水
乘其自身回到它原有的静寂。
没有任何东西会泯灭除非我们蓄意为之。
在北方的大山里我捧着这慑人的蓝。
握住我所持有的，生灵们
在我的肉身上留下的每一印迹都是图腾，
其他人则会称它们为伤痕。被撕裂的
肉身有多可怖，那翅膀就会有多迷人。

冬雨中光秃的李树

你贫穷的介质
是无边无际的背离,那鹰不可见
直到你看见寻不到猎物的它
在冬雨中的光秃秃李树上。
他休憩于体内的饥饿
今天不再嘹唳而歌。
我们心怀空无做出的姿态
多么罕有。它关乎精神,没什么
价值。光秃秃的李树,冬雨
以及这鹰目睹着你无法说出的一切。
这些恒定的累加物,允许它们
留下,正如音乐演奏完毕你仍
浸淫于音乐,当然始终会有,
总是会有的是饥饿,以及,免不了的,贫穷,
还有光秃秃的李树,空无,和这雨。

孕育我的这一夜

孕育我的那晚我并不在场。
父亲在房间断裂的木板和
尘土中搜寻,母亲跟在
他身后,手放在他厚实的背上,
嘴里急促低语,*要找到他,*
要找到他。兄弟们在墙后
他们的笼子里哭喊。现在我能看见
父亲的双手了,看见他在木条堆里翻捡时
肿胀的手指,杂物都留在了
苏利文矿井下的工棚里,
那里深埋着银、锌和铅。
天正下雪,窗户上方的树
向他倾侧,好像要搭把手
帮他搜寻。*要找到他,要找到他*,我母亲
哭喊着,而父亲,现在也在哭,掀开灰石块,
挖进泥土中曾是他们家的地方。
母亲的头发落在他身上,像是声响
停留在矿洞的地面上。我想帮把手
但没时间了。我在兄弟们
中间躺下,我的小手摩挲着
他们的嘴,张开的洞口是他们的歌。

快找到了,我说,快找到了,当他们
在手臂遮挡下微弱的灯光里睡着,
我起身去找父亲,将我置于
他双手,置于母亲
那颀长、白皙的独有身体的黑暗中。

病房猫

医院里的这男人,夜,
已深,女病患,沉睡,
男人脱下衣服,整齐叠好
放平,然后是衬衫、裤子,
袜子、内衣,鞋子
并排放在白色铬椅旁,
病房里只在每张病床
床头上亮一盏小灯。他掀开
被盖,躺下
靠着他妻子,她昏睡
不醒已有两年了。
他一只手臂环拥她胸膛,
一条腿搭在她的腿上,闭上眼,
沉默,寂静,他妻子的呼吸,
他的手臂随她的生命一起一伏。
而那只只睡在她床上的
病房猫,就在床尾
看着,一耳前倾
另一耳
转向远处城市里的声响。

疯少年

每到周日这疯少年就从
"家"里跑到街上,
他的沉重脚步急促落在人行道上,
双臂挥舞,金色头发
在阳光中野蛮散乱。他从某扇门
或窗边溜过,或钻过
只有他才知道的旮旯角,
现在可以自由奔跑了。他边跑
边回头张望追赶他的人,
他们跟着他奔进了阳光中。
少年的脸上既开心又惧怕。
他知道他们会抓住他。
他们总这样干。
如果有惧怕则是因为想着
万一他们不来追赶,
而是继续做早餐,
翻烙饼、煎培根
给其他那些被困在
成年人躯体中的少年,他们
正挤在"家"的早餐桌前,
这么一来他最终就将到达那个拐角,

获得自由。他还从没到过那里。
追赶的人接近时，少年慢了下来。
一大早他们走得不快，
松懈，疲乏，心知这不过是
又一天的开始，
那个少年会等着他们的，就在快到
路断的地方。现在他高兴了
当他们的手拉住了他。
他为自己再一次成功逃跑而大笑，
阳光下抬起了脸庞，思忖
他通晓的智慧是他自己的，
于他，屈从才是唯一的逃脱，
自我放弃就是他的一生。
他们会带他去那个房间，
在那里他能够掌控自己
确保他已实施的伟大旅程，
再一次从一扇上锁的门出发。从一扇窗
玻璃上，他能看见自己
在嵌在那儿的铁丝网的千个网格中，
他单一的脑子里清楚无处可去
只能投入那些想抓住我们的手臂里。

美(2000)

一度你知道你自己很美
而后却再也不知道了
这会使你甚至更美。
最美的女人是美
而不自知。她们使男人
甘愿在优雅的严苛仪式中顺从
相伴,渴望成为这种忘怀的一部分。

冬之死

晨光中柳树颤动,
镜子歌唱。昨夜我的女人
想象一个放弃了一切的
男人会是什么样子?我相信
简单的故事。绝少想象的时候
我们有音乐。易碎的声之杯盏。
当一棵树被冰封住外面臆造歌曲。
你懂得那冰,春天里柳树敷冰,
柳条成冰。你折下它,它会歌唱。

声 音(2000)

你听到的声音来自
巨大撞钟的内部之空。
修道院的修道士站在
黄铜曲线下方,静默
在高远之处等候。
声响却在此前到达。

神在我体内行走燃烧

我入睡时,鸟儿飞抵花园
携来种子的赠礼。钻出冰面

去年的草叶挺身入夜。
我所有的歌都是同一首。

我的掌心与足底
记得我忘却的一切。

池塘边的旧灯笼一直都在。
是时候点亮它了。

淬 炼

我记得那个老铁匠在火与尘中打铁,
记得刀刃或马蹄铁撞击水的姿态,蓝色的火焰,
骤然的淬火给铁烙上标记,斧头的颜色是他的签章。
从他替我打制的匕首锋刃传来一阵低语,
仿佛太阳曾向它吹送气息。他给我看淬出的涡旋,
堪比我手腕般结实的手指溯指那蓝与金的浪波。
我曾携这利刃穿过长满山艾的山丘,在山顶的湖泊
伫立,看见他不息炉火冒出的烟雾,深埋在煤堆里的
风箱,在天空圈占下一个行当,他的大锤镗镗作响。

我见过刻上姓名的幕府佩剑,人名也在西班牙刀剑的
钢镂上得见,遥远的托莱多①之火仍在那里驻留。
那名铁匠为我伫立火中。他的铁锤镗镗,弯折的铁
捶打成树叶般薄片。如今我抒写的这把匕首,早已遗失,
却不会被遗忘,太阳已被文字嵌入钢铁,火焰
离开,淬火的呼吸留与刀刃,一抹幽蓝冷如太阳,
男人的确信正如磨折了刃口的刀它们知晓
从火中拽出的一次呼吸必拥有一个钢铁之名。

---

① 托莱多(Toledo),西班牙中部历史古城,亦是欧洲历史名城,曾是西哥特人王国和卡斯蒂利亚王国的首都,至今仍是西班牙红衣大主教驻地。托莱多自古因炼铁铸剑知名。

不　忠

在雨中，在印第安李树清瘦的枝干下，
是红松凋落的锈色松针和在冬的盛宴中
浓密生长的伸筋草。他跪下
拾起那里被碾平的松针，用记忆中
那个京都僧人收集松针的方式，
花园古老静谧，僧人用竹耙清扫后
弯腰，拾取一枚松针，
放在扫拢好的杂屑堆上，然后转身，踏上
小溪边一条破败的小径，离开。
这正是他在小林一茶①古老俳句里想象过的
画面，静寂，完美得足以让人
在此刻神游，这样的东西在我们努力争取
并几乎达至的日常和谐中，被遗忘了。
因此他才跪着清扫花园。
他回想着自己的梦，对她是如何的温柔，
只轻抚她苍白耳廓上方
卷曲的发丝，湿润的发绺。后来起风了，
这趟外出陷入最后的夜色，开始

---

① 小林一茶（Kobayashi Issa, 1763—1827），日本江户时期著名的俳句诗人。其一生贫困波折，却性情旷达，俳句风格质朴率真、亦庄亦谐。

清理吧。他双眼迷蒙,怎么会记起了
这幕?下跪和一枚松针,然后又一幕,他想
这是上年纪的人才知道的吧。稍稍转身,
伸手拾起身后遗落在伸筋草上的东西,却
有些没被看见的什么悄然落下,在雨中。

割喉鳟*

溪流褐色的水波裹卷着厚重的春潮漂浮物,
急流中的鳟鱼自深水中跃出觅食。割喉鳟,
那一点血的红色逗号,浅水上的涡纹,
这似元素构造的身体,在吞食从他身后山丘高岸上
冲刷下来的昆虫虫卵和幼虫。
年轻时他读过一个故事,一枚金戒指
在鱼肚子里找到了,许多年以后,站在
那里,他记起了他是如何将婚戒扔进了
就是这一个湖里,他思绪万千……嗯?能领悟到幸福时
幸福却避开了我们,这个堕落的世界是心灵
古怪的地方话,掷入水中的戒指必定会
在水波的和鸣中身披天使之血归来?
他曾在那里垂钓,多年前,与他年轻的妻子
和他们的第一个孩子。他只转过身一次,看着她
抱起孩子,离开走进了柳树林,
她的身体与他孩子的身体
离他而去,隐入林阴。
这就是春天的潮水对我们倾诉的,我们是如何

---

* 割喉鳟(cutthroat),亦名美洲鲑,因鱼鳃上的红色斑纹而得名"割喉鳟"。

一次次满怀希冀甩出钓竿,一无所获后,再次甩出
钓线垂落水面,水下的一切
下潜得更深,一个沉默等待在小溪交汇进湖的
湍流之上,等待从山丘上冲刷而下的美食。

调 羹[①]

他在桌上摆满的那些小物件中挑了
一只调羹,那桌上有刀有叉还有摇盐罐其实你不会去
摇它只是转动旋开,还有碗里面有苹果酱,还有一杯牛奶,
他确实在那杯奶和调羹之间迟疑了一下,但还是挑了
那只调羹,他女儿的口中还在
喃喃地念叨,她的满头金发剪得很短
太阳穴上还带有一丝的青灰,
他还记得他年迈的母亲自从父亲葬礼的那一天
就不喜欢花,也从来不会买一束
摆在家里,他的女儿还在低声念叨着
他早就知道的那些事情,
但也知道那些话由她说出来就特别重要,
对她而言很重要的就是整出一点秩序来
从她眼前的杂乱之中而这就是他现在的
生活状态,狗在外面叫着,灯在
饭桌上,调羹在他的手中,他用手指头

[①] 这首诗使用了意识流手法。据诗人介绍,他写这首诗时女儿已经成年。他给她喂苹果酱的意思是,在父亲眼里,女儿不管多大,还是一个孩子。虽然他妻子去世后,她就一直在照顾着他,她永远也不会被视作一个母亲的角色。在父亲听来,女儿口中"喃喃"的念叨听起来永远像是一个幼儿。

把它转来转去，惊异于他的手居然
一生都在握着调羹，而且是握在
手柄的端部，他眼睛盯着那只浅碗看着
她妻子把它擦洗得那么仔细他能看见
自己的面孔头朝下，要是他能看懂这只调羹
所有别的事情也就能看个一清二楚，如果他
能看懂这么简单的事物，这么小
这么平常他这一辈子每天都在用却从来没有
留心过直到现在，是啊这么小的东西，
这么简单，不是杯子，不是花，仅仅是一只调羹，
要是没有它他这一生里的每一件事情
都会不一样假如没有调羹，没有这只调羹，
他觉得他对自己拿着的这个东西充满惊奇，他伸出手
在面前的碗里挖了一调羹苹果酱
轻轻地，小心翼翼地送到不是自己的嘴巴前，
而是他女儿的嘴巴里，她用嘴唇碰了一下
把嘴巴张开，此时无声胜有声啊，他唯一知道的事情
就是在这一刻，而他正在做着。

（阿　九　译）

鳞毛蕨

你试图不走样地说出真实，一个词
出现之前有时要等待数日，即便这样，仍不确信
它是否正确，**低语**一词是否和暗影一样有力
当它修饰汽车旅馆房间里一个烂醉的瘾君子：
他的手是一道暗影……然后你去了西边花园
仍在琢磨并感到惭愧。你跪在凋落的松针间
在一块河石旁种下那些鳞毛蕨。
三个月前你把它们丢在了这棵雪松下，想着
还有时间。蕨的嫩芽状如一把儿童小提琴卷拢的拳柄，
你也将它栽种在你梦想中的音乐模样里，
音乐当然鲜少如此，也没有孩子演奏，嫩芽继续生长，
像攥紧的手指松开伸进斑驳光影中，你精巧的手
把蕨压进土里雪松的滴水线上，
好让它们在这棵树颀长的影子边沿有条活路。
树影在虚假的光中低语，植物枯死在人工光照下。
你写到的这位瘾君子活着多年以前。
他住的汽车旅馆如今只出现在五十年代的
电影里，公路改道，便被废弃，
店名不外是"三叶草"、"想入非非"、"白日尽头"。
总是应许着希望或逃逸或某种运气的名号。
但你写的这个男人早没了希望和运气，

如今在绝望中劳作，一个追求自我的牺牲品。
你追问自己的感受是因为你知道
缺乏感受就可能缺席了真实。
*他的手是一声低语……*你觉得这个表述兴许更接近
你设定中的他的姿态，瘦小孤单的
一个人，在廉价的路边汽车旅馆房间里，紧闭窗帘，
只有一张床，一盏灯，还有一台总是打开在
色情频道的电视，只要他一进房间
就能看见一个跪姿的女人，头在上下移动
像是你以前能买到的那些塑料鸟中的一只，
它们会不止不休地往一只水杯里啄食。
现在你知道你接近他了，于是你
转回诗歌停笔处。你想着这个男人，
他如何躺在床上，知道他年轻的妻子就在
三个街区外的医院里给他生孩子，他又如何昏倒
压根没去那儿，而唯一要紧的事
就是他的将自己遗忘。廉价的爱情，孤寂。
"三叶草"、"想入非非"、"白日尽头"，尽是些
允诺平静的店名。这样的事，那种地方，如果要拍摄
一部那个房间和那个男人的电影，他们不会用小提琴的，
不会出现蕨类。他们会用沙漠场景，演奏拙劣的萨克斯管。
多年前才会有的电影。你却一直能感知他，
在窗帘遮蔽了日光的暗处里看见他。
他的手是一声低语，你写道，是小房间里的一道暗影。

细　烟

每抽完一支烟你把烟蒂留着
存放在那个旧铁罐里。
烟抽完的时候
你取出这些烟蒂，撕开，
再卷成烟卷，
再存下每一个新烟蒂。这些烟卷也抽完时
你再找出那个铁罐，拿出烟蒂
撕开，再次卷起来。
现在只剩下二十个烟蒂了
你把它们卷成了五支烟。
抽完这些烟，你把最后
这五个烟蒂又卷成了两支细烟。
离发薪水还有五天。
五天和两个烟蒂。
这悲哀包围的窘境，
你也无能为力。
因此才堪称悲剧。
或者你也可以称它为贫穷。
剩下一个烟蒂，还有四天。
你坐在房间里寻思着。

诗歌教学

确信，忠诚

在午夜时消逝

像钟的颤音……

给学生《摇篮曲》① 中的三行，要求

她能在第一行里听见钟声，

知道她必须独自达成，或是压根做不到。

之后，我独自在新渡户纪念花园散步，

会在通到水边的石头路上

斟酌着落脚，在最后一块石头上

停下，张望周遭，

水水相连，水面上方的树丛，

树上的叶子，锦鲤向着太阳展露背脊，

想着我现下所知即是昔日

所未知，那时终日埋首于《约伯记》与

《传道书》。只有十八岁，躺在

第一任妻子身旁，为她朗读《圣经》里

千百年前的古老箴言。高中的那些夜里，

她怀着我的第一个孩子，我的儿子，如今他

有十二年没和我说话了。这块石头，那块石头，

---

① 诗人奥登《摇篮曲》中的诗行，中译采自王立秋译文。

正在阅读奥登诗的我的学生,正在
倾听或者没能听见诗里第一行的钟声,那些古老的
心灵,那个确信,众多钟声。

守 望

有时你放眼广阔的平原
得见一道隐约的光落于我们以为的山间。
那一刻你意识到你生活在远离世界之处。
就像那具被遗弃的巨大海龟壳,某日你在远离海边的
田野里发现的。你蹲在裸露的脚后跟上,盯着那个
绿穹隆般的空壳。那躯壳,是个思想,内植于其空之中。
或者像那晚你在家门外街上的那棵红松旁伫立
透过浓密的松针注视着妻子
而她正凝神于灯光之外。那一刻你觉得那般惊恐。
有时候我们生活在远离世界之地,
阳光明朗,黑暗浓重。思想放空,只是等待。

冬日的两只乌鸦

一连数日的雨后,冷杉上两只乌鸦现身。
它们吧嗒着喙,两相依偎,蓝色肩膀挨擦。
它们梳理翅膀上的羽锋,延伸的中空骨骼
形成拱形,羽毛自那里垂下。
阳光闪烁在它们线条流畅的头部,战争的小小仆役,
你们的一生就是俯冲下落,遗忘一切。
一只乌鸦飞落街上,带回了一只死鼠,
那么小的老鼠,细尾垂挂像截脱落的线头。
另一只转头兜脑,明亮的眼睛看向太阳。
它将脸颊贴向濡湿的毛羽,
用喙清洁刚刚思考过的头颅。
它们并不着急开始吃。
白天长过黑夜,并得赐罕见的太阳,
迟些再享用老鼠,留到更远的另一棵树上分享这死亡。
乌鸦的羽翼托起太阳,当它们纵身跃入湛蓝。
它们在我的视线上方滑翔,当我弯下腰,
像是在祷告,将我的双手回归贴向大地。

竹 米

一挂竹帘,帘外有竹,枝条修长
自石凳上方探入竹米的长梦,
一百年或更久也不会再来的梦。
气泡指引从这里去往池塘,寻见锦鲤。
它们沉敛艳光于水底。
它们缓慢自噬,春天尚远,冰雪将至。
暴雨在大地上方骤起。
锦鲤深居于它们的血里。
透过竹叶,我看见
伟大的死亡正降临这世上,
竹枝跳荡甩动,
单薄的竹叶,竹下的锦鲤。
如此安静。我无须眼泪。

注 目*

沟渠里除了这孩子，哪还有其他，如此简单，
她推动着车辙里的一小片柠檬车轮，
这是从她全金的马车上脱落的独一无二的轮子
它们缓慢转动在夜色里，如此耀眼，
连闪亮的星星都看不到了。她擎在指间的
黄色星星多么精巧，现在花朵
绽放远方，白色种子湿漉漉闪亮
当它们滑入她身后的泥土。她在
这小地方的这趟马车旅程真够远的，
一身飞羽的马匹扬起它们
覆羽的四蹄，全金的马车
这个衣裙褴褛的赤足女孩，
戴着手套的手抬起作别，仿佛
这就是她的离去，去往远方的孩子，
她两根细小手指擎着这片黄色的中心，
车轮在这幕畅想中转动得如此精巧
她，因为这注目而改变，那么
现在与她同行的你，又改变了多少？

———————

* 据克罗齐介绍，该诗描写了一个衣衫褴褛的小女孩借由一片柠檬展开的想象。想象是诗的翅膀，带来了精神上的改变。

海岬对岸,薄云在林上低语

海岬对岸,薄云在林上低语。
那里无雨。暗黑时代降临
我们曾想象过的每一种噤声都将成为我们的。
悲恸,悲恸,还是悲恸,也将成为我们的。
默不作声中,灾祸催生灾祸。
你臂弯中的孩子将被夺走。
她将被掼碎在石上。
你孩子的孩子也会命运一样。
你会给予安慰给哭喊的那人吗?
你会吗?
哦,我看到过我们,在时光中,在长夜里。
我们仍将行走,臂弯中一无所有。

绿裙子

穿上绿裙子，使她和周围分离，地板向后
退缩，于是看上去她比其他人认为的
离得更远了，在她周遭白墙肃穆，
门也是白的，唯一一扇高窗，墙上挂着
一幅马头的照片，技术拙劣，打光
错误，背景杂乱，碍眼的东西
干扰视线，胡乱任意，然而并非
这些杂物自身的错，碎屑，
旧马具，干草堆，男人的一侧肩膀，
露出的部分衬衣上有花的图案，
可能是玫瑰，没穿对。穿绿裙子的女人
双手细心地放在膝上，她的脸抬起
所以喉部暴露出来，肌肉画出的线条，
她的眼睛，没有闭上，而是睁着，盯住门口
很快，送葬人就会在那里出现，双手捧着
盛放她儿子骨灰的一个素朴白盒，她在等
那一刻，绿裙子并非精心挑选，也不是
她日常的衣装，却是她终究会挑的一条，
这么选，不会出格，简洁但又不至于
黯黑，从众多裙子中取出
这件，说着"难看"，这就对了，正是合适的那件。

语言无法抵达

而我知道唯一的办法就是远远地站着
好像站在月下的一座小山上
看旅客列车停在
冬夜的边远草原的一条旁轨上。
在雪中望去。那么远。那么真切。

(阿 九 译)

附录

英文目录

Contents

Prefaces

Lorna Corozier: Patrick Lane was My Friend

Zhao Si: Roses out of Wounds——Notes on awarding 2019 Homer Medal

1960s

Calgary City Jail

Elephants

Wild Horses

Because I Never Learned

Fireweed Seeds

Last Night in Darkness

For Ten Years

For Rita in Asylum

1970s

The Sun Has Begun to Eat the Mountains

The Bird

Mountain Oysters

The Dump

Beware the Months of Fire, They Are Twelve and Contain a Year

Passing into Storm

After (1973)

Sleep Is the Silence Darkness Takes

We Talk of Women

Thinking on That Contest

Still Hunting

White Mountain

October

Unborn Things

Macchu Picchu

The Man

The Woman (1975)

Her

The Children of Bogotá

Farmers

The Cuzco Leper

At the Edge of the Jungle

Mill Cry

A Beautiful Woman

The Carpenter

What Little Is Left

Obedience

Stigmata

Albino Pheasants

And Say of What You See in the Dark

Day after Day the Sun

At the Edge of the

The Witnesses

Wild Birds

Ice Storm

The Trace of Being

As I Care

A Murder of Crows

How the Heart Stinks with Its Devotions

1980s

The Measure

Just Living

There Are Still the Mountains

The Silence Game

Fragments

Winterkill

I Am Tired of Your Politics

Marmot

Chinook

The Garden

Buffalo Stones

Skull

Indian Tent Rings

Drought 1980

The Killing Table

Weasel

The Golden Hills

There Is a Time

Luna Moth

A Red Bird Bearing on His Back an Empty Cup

The Forbidden City

The Great Wall

Commune Girl

The Dream of the Red Chamber

Conversation with a Huang-Chou Poet

Over the Slow Rivers

Echoes

La Gioconda

Dominion Day Dance

Brothers

The Happy Little Towns

Dostoevsky

The Beauty

Night

1990s

Winter 1

Winter 7

Winter 13

Winter 14

Winter 15

Winter 16

Winter 18

Winter 19

Winter 20

Winter 25

Winter 31

Winter 35

Winter 40

Winter 41

Winter 42

Winter 45

The Far Field

Fathers and Sons

The Attitude of Mourning

Fragility

The Firebreather

Balance

Detail

Dinner

Palms

Knotted Water

Cougar

The First Time

Too Spare, Too Fierce

Moths

The 21st Century

Morpho Butterfly

The Bare Plum of Winter Rain

The Night of My Conception

The Ward Cat

The Madboy

Beauty (2000)

The Dead of Winter

The Sound (2000)

God Walks Burning Through Me

Temper

Infidelity

Cutthroat

The Spoon

Dwarf Crested Male Ferns

Stiletto

Teaching Poetry

Lookout

Two Crows in Winter

Bamboo Seeds

Attention

Across the Strait Thin Clouds Whisper above the Trees

The Green Dress

What Language Can't Reach

Postscript

Patrick Lane: A New Awakening

一个新觉醒（代跋）

帕特里克·雷恩

1960年我开始写诗。写诗是因为诗歌给予了我那些生活中所欠缺的东西。我一直想成为一名艺术家、一个画家，但没有钱买油彩或丙烯颜料。写作成本低廉。我有一台便携的小型打字机，一根磨损的黑色色带，还有一沓淡黄色的稿纸。我还有一支HB的铅笔和一块粉色的橡皮擦。打字机从哪儿弄来的已经不记得了。深夜，妻子和孩子们熟睡之后，我会坐到拖车前那张小饭桌旁，尝试着把语词变成诗。

那之前我还从没做过这么难的事。虽然我知道一首好诗是什么样子，也阅读诗人们的作品，但他们能做的我做不来。我写不出关于水仙花、云雀、马萨诸塞、黑山、旧金山的那些诗歌，这些不是我熟悉的，他们的语词也不会出自塑造了我的那些地方。没有得到任何的指点或建议，我书写着周遭发生的一切：拖车里一个死去的婴孩，试图用挂衣架堕胎而死亡的女人，行走过的大山里河流滚落而下的声响。第一首获得成功的诗写的是阿沃拉——头在我燃烧的铁桶里翻找扒拉的熊。诗是1961年写的，我肯定那是首好诗，但好在哪里我没法告诉你，它听上去是对的，就是那样。它抓住了北方地区入口处的夜。我把这首诗连同另外的一些投稿给了多伦多的《加拿大论坛》杂志，他们发表了其中的三首。

我和这第一次发表的作品都受到了批评,被狠狠地批评。但是从看到我的诗歌印发出来的那一刻起,我就义无反顾了。那之后,不管发生了什么事,我都没有停止过写作。我遁入了文字中。想来我的妻子和家人也再没找到过我。我清楚该如何应付我的生活。兄弟迪克早逝已有三年,父亲被误杀,我离异也有七年了。会永久改变我人生的事总会降临,但写作将持续。我没有老师、引导人,教育程度止步于高中,但我拥有所有艺术家所需的天赋,那就是对听到的内心声音的入魔和全情投入。回想那段时光,工厂与急救、贫困与挣扎、欢乐与苦涩,而唯一能让我支撑下来的,唯一让我活着的,就是诗。

——摘自《皆有其期:花园中的回忆录》(2004年)

1975年的一个早春上午,在乔治王子城,我写了一首诗《心何等满溢热爱之浓郁》。它接近了一种我愿意称之为诗艺的境界。写这首诗的六个月前,我第三次试图自杀。当时我已经靠着写诗的手艺过了15年,自以为对于生命、爱、死亡、所有的宏大事物以及它们的终局都已足够了解。这首诗对我的要求却是待完成的生命劳役,一石一叶皆可为天堂的境界,以及创作一首诗、缔造一件美的事物就能让时间溃败。

刚过去的这个春季我在内陆参加了一个朗诵会。诗人莎朗·德森①说起多年来我的诗歌被视为耽于暴力而颇受非议，但她说在《天真的损毁》一诗中，我并没有表现出什么暴力。她的评论，认为我的某首诗能呈现变形的美的这个看法让我震惊。要知道我刚引用的以下诗句虽来自上述《浓郁》一诗，也能阐明她的观点：

  清空你眼中所有贮存的形式。
  这是空间的完满绿之境
  树叶包含在它的生长中，
  精妙的初生被风阻隔。

莎朗的评价解释了我诗歌的一个维度。另一个例子是以下来自《群鸦》中的诗句：

    今夜我奋争于
  这诗篇，仿佛从未如此用心
  只想告诉你我之所知——
  什么能被言说？语词是无根的
  黑暗彩虹，是一群乌鸦，
  对音乐的记忆衰减至需弄虚作假。
  无辜，旧噩梦，拖曳在我身后
  像一个影子，今天我再次戮杀。

---

  ① 莎朗·德森（Sharon Thesen，生于1946年），加拿大诗人、知名编辑和文选编者，在高校任教多年。诗歌睿智，运用大量习语，情感浓郁。

写这首诗的前一两天，我就在前屋窗口射杀了一头母鹿。当时它正在我的前院嚼食被风刮落树下的苹果。我妻子在餐桌备餐，还是煎鳕鱼；年幼的孩子们已经坐好，而我却在盯着窗外思考我的一生。我大声地说，如果饭后那头鹿还在那里，我铁定会毙了它。这话并没有特别的对象，可能只是我的自言自语。我说得随意、心不在焉，但这样说时，我知道我已给自己布了陷阱。妻子和孩子们都没有回应。吃饭时我希望它走掉。我想让它走是因为我知道如果它还待在那里，我就得拿来复枪杀了它。它的肉对我们有用。我们正勉强过活，靠的是我剩余的一点补助金，给本地水务局打的零工，还有抓鱼，三文鱼、蛤蜊、牡蛎、岩鱼。而这野鹿肉够给我们一个月红肉了。我以前虽然也猎过鹿，射杀过驼鹿和熊，但那些杀戮发生在我二十来岁时。

　　我并不想杀它。这事就这么简单，但我还是站起来，帮忙收拾了桌子，瞟见窗外那鹿还没走，在啃苹果。我去壁橱拿出来复枪，装上点22长弹头，走回窗户，打开窗，举起了枪。那头鹿抬起头看我，似乎在奇怪我为什么会出现在那里。它没有害怕。我等了很久，仔细地瞄准它上前肢后方的一个点，开了枪。这头鹿是我杀掉的最后一只动物。

  如果我能告知你那一刻的阒寂：

  当躯体拒绝倒地

  直至似乎是地板探身

  将它拉倒，那么我就能告知你

  一切：当乌鸦飞过

> 草对它们所说,
>
> 苍苔的眼睛,石头的历史。

但是,以上这简单的记述之余,如何去解释我这首诗的成型呢?我的写作是出于愧疚吗,是要赎罪,坦白一次谋杀?我寻求的是忏悔吗?都是又都不是。我创作的诗就是纯粹由威廉·巴特勒·叶芝①宣称的"心灵肮脏的废旧店铺"出品。我相信,这首诗是我渴望从一个堕落世界拯救某些美的一个象征。在《目击者》一诗中,我写道:

> 按那词被确知之义去认知,所知甚少,
> 甚或更少,一无所知,对着落日
> 沉思,一坐数小时,当白天
> 再次来临,世界将你变为太阳
>
> 铭记语词,只需铭记
> 语词并从虚无中创造过往

这首诗是《群鸦》后几年写的,写的是我父亲与他在二十年代后期的早年生活,当时他是一名牛仔竞技手,绰号"麦克劳德小子",但这首诗也写下了我的失望,即诗的创作不能抵挡我们周边黑暗的存在。然而我也相信,此生中我写下的

---

① 威廉·巴特勒·叶芝(William Butler Yeats, 1865—1939),爱尔兰诗人,20世纪最知名诗人之一。"心灵肮脏的废旧店铺"一语出自他的《马戏团动物的逃亡》一诗。

每一首诗都"意识到一个新的觉醒"。这句话出自威廉·卡洛斯·威廉姆斯①的诗《下降》,他还说过"没有失败完全由失败组成"。

六十年代和七十年代期间我长久认真地阅读他的诗。那时我并不能完全理解,也无法感知他诗歌中情感与精神最深层的寓意,但我清楚它是什么:一种美的事物。威廉姆斯在长诗《帕特森》中的诗行"从中痛击地狱/美的事物"让我认定,即使变形缺损,生命的残骸中也能铸就出一种生命。威廉姆斯的诗句为詹姆斯·迪基②《樱桃木路》一诗中"野性而为永久之残骸"这句提供了成熟的解决方案。

威廉姆斯在那首诗里还说"记忆是一种/成就,/一种新生。"

降格

由失望和缺乏

成就组成,它

意识到一个新觉醒:

是失望的

逆转。

因为我们无法成就的,被爱

---

① 威廉·卡洛斯·威廉姆斯(William Carlos Williams, 1883—1963),20世纪美国的知名诗人,与象征派、意象派联系紧密,发展了自由诗体,坚持用美国本土语言写作,提倡回到现实生活的创作。

② 詹姆斯·迪基(James Dickey, 1923—1997),美国当代知名诗人、小说家,国家图书奖获得者。美国第18任桂冠诗人,其作品的语言实验性获得称赞,描绘了人类(尤其是在极端情形下)的精神力量。

拒绝的，

　　　　我们在期待中遗失的——

　　　　　　降格尾随着，

无止无休，难以毁弃。

时间回到1962年，那时我在不列颠哥伦比亚省的梅里特市一家锯木厂工作。我记得晚上我会在工厂边我们的房子里坐到夜深，妻子和孩子们早已安歇了，我还在努力地用一些简单的词来创作诗歌。我一直在阅读阿瑟·韦利①翻译的中国古诗，艾兹拉·庞德②嘲笑这些诗歌充斥着拙劣的英语和错误的押韵。高强度的阅读和写作一样让我受益良多。即便那时我知道这些诗并非用简洁的北美惯用风格写就，我仍私心认为韦利的译本相比庞德创造性的翻译要更贴近原作。此外，我还记得我做了巨大的努力要掌握隐喻的精髓，要直接简洁地表达出意象的十足力量。尽管这些早年的尝试有缺陷，努力仍是主旋律。当时我并不知道正是通过这些失败的尝试，我学会了如何创作。我早期的诗歌《报纸墙》接近了我所渴求达到的状态。虽然它不过是一个年轻人未经正规训练的习作，但我还记得写它时的情形和获得的满足感，满足

---

　①　阿瑟·韦利（Arthur Waley, 1889—1966），英国杰出的东方学家、汉学家、翻译家。他一生致力于对中日古代典籍的研究与翻译，译作在西方影响甚广，备受赞誉。尤其是对中日古诗的翻译，影响了很多现代诗人。

　②　埃兹拉·庞德（Ezra Pound, 1885—1972），美国现代诗人，文学评论家，早期现代诗歌运动主推手。他受中国古典诗歌和日本俳句启发，提倡"意象主义"，对现代诗歌产生了深远的影响。

感来自诗的韵脚,尤其是音步、节奏、本地话、纸页上一句简单口语的重复,以及诗行就是声音之乐谱。一行诗就能让语法长句中的一个片段获得独立于它从属句子的意义,这一点也让我感到愉悦。这些在孤寂村庄、小镇生活时的小发现帮助我熬过了当时的贫困。

如果说有一首诗的写作集合了我二十来岁时费心学习的每一种诗歌技艺,那就是《十年记》了。我写这首诗是在和第一任妻子刚分手的几个月之后,是父亲被一名牢骚满腹的疯子枪杀后一年,也是我兄弟死于脑溢血之后的四年。那是1968年,写出《报纸墙》之后的六年,我与西摩·梅恩①前往温哥华西北部阳光海岸上区的锡谢尔特去拜访多萝西·利夫赛②。我本不想去,但是西摩,我的朋友,当时坚持要去表达敬意。多萝西一如既往地难打交道,爱唱反调,那时我也不大看重她的写作,不喜欢她的平铺直叙,她对工人的社会主义理想化视角,她的傲慢,以及她与身边一些诗人(比如帕特·劳瑟③,一位工人阶级女诗人)相处时表现出的尊贵感。记得我站在多萝西的起居室里,看着窗外的海,这时一只小鸟扑进窗玻璃上花园的映像里死掉了。西摩是城里人,他问我这鸟为什么要这么做。我回答说:"飞鸟搞不懂窗是什么。"跟着我又加了一句,"它们从来不懂。"

---

① 西摩·梅恩(Seymour Mayne,生于1944年),加拿大作家、编辑、译者,在高校任教多年,出版物众多,致力于加拿大的犹太研究并在教育及翻译领域获得多个奖项。与雷恩一起创办了以出版诗歌为主的 very stone 出版社。
② 见前诗《我厌倦了你的权术》注。
③ 见前诗《之后》(1973)注。

就是这两句短短的话，西摩说，"这就是诗了"。回到我在温哥华基斯兰奴区紫杉街尽头的小寓所，我写下了《十年记》这首诗。它一气呵成，直到写完我都没有改过一个字。甚至在写作的时候我就知道我在做一件从前没做过的事。这十年间我在诗歌技艺上的学习和苦练都迸发了出来，最终我完成了一首好诗，一首我可以为之骄傲的诗。那真是奇妙的一刻。诗的节奏和形式，诗行的音步、韵脚、首要的隐喻，所有这些还有其他都让我在这首诗完成后还坐着惊叹。我关注自己说了什么吗？当然，但那是次要的。我真正关注的是我如何说的，如何捕捉到一种情感，一个沉迷在几个词几行诗的瞬间。

但这些是宏大层面上的事。如果我的诗歌中有一个单一的、首要的常量，那就是诗歌经由我的感官世界来呈现。威廉姆斯的声明"事物之外，别无观念"回响在我的诗中。抽象概念总是让我怀疑，我更倾向于依赖意象来承载发现的重量。隐喻对我的胃口。在近期的诗作《在八月无雨的干燥沙漠山里毒日头下》，我依赖的是自然界的描写、意象以及一只甲虫的简约逸事，她"肩负其去往天堂之路"。在这首诗里，甲虫和我母亲的意象合为一体，在隐喻的钢丝绳上保持着平衡。

在新墨西哥州横跨里约格兰德河高桥附近的平原上，我自己的一个私人小体验促生了这首诗。我和洛尔娜[①]沿着那里的悬崖散步，像神祇一样，从高处俯瞰峡谷中的燕子在下方掠过。我随意走开了片刻，并且一如既往地，像一个没戴眼镜的近视眼儿童一样，紧盯地面，于是我发现了一个大甲

[①] 见前"序一"注。

虫，摇摇摆摆地走过沙砾地面。我花了半个小时，观察这个甲虫一路前往或近或远的地点，并且为它的意志力、忍耐力和它的执着于目标深感惊叹。

四五年之后，我重拾起这个甲虫的意象。或许我的诗就是这个甲虫的目的地。这个说法在我身上的共振就是恪守每一诗行的简洁，节制使用停顿，仅为增强意义而为，就像在这句诗里"众多事物中我活着。仍活着"。我也在诗的看似杂乱中坚持以右侧空白代表基于音乐性的情感秩序。这一艺术化描述的朴素声明包括了神韵、韵脚及其他的形式重复等众多内容。在这首特别的诗中我最大的愉悦感来自以一个副词为一行结束全诗。写作会带来沉浸性愉悦的时刻，而那句"勠力已赴"就是其中之一。

我在新墨西哥州沙漠所经历时刻和其纪念意义均相似于我在其中成长的欧肯那根荒野乡村。那些撂荒干燥的土地就是我的地域环境，它词汇表上的"甲虫"、"松树"、"沙子"、"石英"、"向日葵"、"黄色"、"水"、"盐"、"光秃"、"盲"、"仍然"、"饮"、"攀爬"就是我最先学会的词。

福克纳①教导我本土的价值，尤多拉·韦尔蒂②也如

---

① 威廉·福克纳（William Faulkner, 1897—1962），美国文学史上最具影响力的作家之一，意识流文学在美国的代表人物，因其对当代美国小说的艺术贡献得1949年的诺贝尔文学奖。他的大部分长篇与短篇小说都发生在南方一个虚构的约克纳帕塔法县，被称为"约克纳帕塔法世系"。

② 尤多拉·韦尔蒂（Eudora Welty, 1909—2001），美国著名作家，被誉为短篇小说大师，曾获普利策奖、美国图书奖等多个美国重要文学奖项，作品以描写美国南方生活见长，地方色彩浓厚。

此,这么做的还有在他青年时期短篇小说里的海明威①。霍华德·欧哈根②在我们多次或清醒或醺醉的交谈中教导我要热爱家乡的山;我成长的地理环境可以从厄尔·伯尼③所写的《灌木丛生》以及《太平洋门户》中窥见一二。有些诗歌永远改变了我:欧文·莱顿④的《基恩·拉扎罗维奇》和《他诗皆自由》,华莱士·斯蒂文斯⑤的《蓝色吉他》,D·H·劳伦斯⑥的乌龟诗,庞德的《舞者》与《花园》,自然还有我年轻时钟爱的弗罗斯特⑦,沙逊与欧文⑧,叶芝所有

---

① 厄内斯特·海明威(Ernest M. Hemingway, 1899—1961),美国作家、记者,20世纪最著名的小说家之一,曾获诺贝尔文学奖、美国普利策奖等,"新闻体"小说创始人。写作风格洗练流畅,在文学界影响巨大。

② 霍华德·欧哈根(Howard O'Hagan, 1902—1982),加拿大文学史上首批本土出生的重要作家之一,他熟知自然界并将其呈现笔下,最知名的作品是描写洛基山区的小说《泰·约翰》。

③ 见前诗《马丘比丘》注。

④ 见前诗《圣痕》注。

⑤ 华莱士·斯蒂文斯(Wallace Stevens, 1879—1955),20世纪美国最主要的诗人之一,风格大师,语言独特精确,富于哲思,其诗歌积极探索创造性的想象力和客观现实的融合,曾获普利策奖和美国图书奖。也有评论因其作品的极致技巧和复杂主题而认为其艰涩。

⑥ D·H·劳伦斯(D. H. Lawrence, 1885—1930),英国小说家、诗人、批评家、画家,现代英语文学史上最重要也是最具争议性的作家之一。他的诗歌,尤其是有关自然的诗在英美诗坛有相当的影响。

⑦ 罗伯特·弗罗斯特(Robert Frost, 1874—1963),美国现代诗人,曾四获普利策奖,因其对美国乡村生活的白描手法和口语化的表达而知名,常用乡村生活的背景来探讨复杂的社会与哲学主题。

⑧ 什格菲尔特·沙逊(Siegfried Sassoon, 1886—1967)与维弗莱德·欧文(Wilfred Owen, 1893—1918),均为英国诗人,一战时期都曾参战,是战争时期的主要诗人。二者有关一战的诗歌描述可怖的战场,嘲讽发动战争的沙文主义,与当时的主流意见相左。欧文的诗歌创作深受沙逊影响。

的诗，威廉姆斯和劳伦斯，特拉克尔①、巴赫曼②和策兰③，查尔斯·奥尔森④的《鱼狗》，菲丽斯·韦伯⑤的《反对死亡天使的诗学》以及玛格丽特·阿维森⑥的《泳者的瞬息》。米尔顿·艾肯⑦和阿尔·珀迪⑧对我的思想和诗歌实践至关重要。还有我的同辈，如肯·贝尔福德⑨、特洛威尔⑩、麦

---

① 格奥尔格·特拉克尔（Georg Trakl, 1887—1914），奥地利最重要的表现主义诗人之一，受个人情绪与战争折磨成为首位对奥地利发出衰朽死亡挽歌的诗人，影响了两次世界大战后的众多德语诗人。

② 英格褒·巴赫曼（Ingeborg Bachmann, 1926—1973），奥地利诗人、作家，主题多为失意感情中的女性、艺术与人性以及语言的匮乏，风格沉郁、超现实。

③ 保罗·策兰（Paul Celan, 1920—1990），德语诗人，犹太人。以《死亡赋格》一诗震动战后德语诗坛，日益成为里尔克之后最有影响力的德语诗人。他身世悲惨，父母死于纳粹集中营，自己最终投水自尽。受战争创伤影响，其作品黑暗、神秘、晦涩。

④ 查尔斯·奥尔森（Charles Olson, 1910—1970），美国诗人、文学理论家，首位以"后现代"一词来探讨美国诗歌的学者，创立的诗歌流派"黑山派"，影响了二战后的美国当代诗坛。

⑤ 菲丽斯·韦伯（Phyllis Webb, 生于 1927 年），加拿大开创性的女性主义诗人，曾获总督文学奖等奖项。其诗歌对人类本性中的自大感到哀伤，对自然生命怀抱同情，向往自由，关注公共生活。

⑥ 玛格丽特·阿维森（Margaret Avison, 1918—2007），加拿大最具影响力的诗人之一，因其作品对基督教主题的挖掘而知名，曾两获总督文学奖及其他众多奖项。

⑦ 米尔顿·艾肯（Milton Acorn, 1923—1986），加拿大诗人、作家、剧作家，曾获总督文学奖等奖项，被同辈诗人尊为"人民诗人"，作品取材于日常生活，关注劳工阶层。

⑧ 阿尔·珀迪（Al Purdy, 1918—2000），20 世纪加拿大的主要诗人之一、作家，见识广博，诗歌偏口语化，与雷恩、米尔顿·艾肯同为自学成才、扎根劳动阶层的诗人，两获总督文学奖及其他奖项。

⑨ 见前诗《火草草籽》注。

⑩ 彼得·特洛威尔（Peter Trower, 1930—2017），从事伐木业多年的加拿大诗人、小说家，其写作题材也主要是围绕他所熟知的行业，是一位"伐木工诗人"。

克尤恩①、翁达杰②、罗伯特·哈斯③、杰克·吉尔伯特④、查尔斯·赖特⑤和詹姆斯·赖特⑥、洛尔娜·克罗齐,以及更多。

年轻时,我对某些人满腔怒火:他们抄袭他人的想象、囿于狭隘门派之争、否定人道主义及其道德伦理关怀、一味信靠的批评体系全是来自他处而非由其内心与灵魂生成。那时的我是孩子,是少年,是与我同生长共受苦的人们,是我做苦工时的西部邻人,是我勉强可算成年时作为一名毛手毛脚急救员所帮助过、弄伤过、治愈过的人;是我热爱的女人,她们承受了自身性别与地理环境的变迁,她们的生命由男性掌控——她们的父辈、兄弟、爱人、儿子、陌生人,被

---

① 格温多林·麦克尤恩(Gwendolyn MacEwen, 1941—1987),加拿大诗人、小说家,诗歌中展现其对魔法、历史的强烈兴趣,写作技巧精细娴熟且具有穿透力,曾两获总督文学奖及其他奖项。
② 迈克尔·翁达杰(Michael Ondaatje, 生于 1943 年),加拿人诗人、作家、编辑、电影制作人,曾获多个文学奖项,包括英国布克奖和总督文学奖,写作跨体裁,杂糅神话、历史、爵士乐、回忆录等多种体裁,最知名作品是被改编为电影的《英国病人》。诗歌多元文化色彩突出。
③ 罗伯特·哈斯(Robert Hass, 生于 1941 年),美国桂冠诗人、译者,曾获普利策奖、美国国家图书奖等。其诗歌善于从大自然最细微、具体的事物中找寻与人类精神相通的联系。
④ 杰克·吉尔伯特(Jack Gilbert, 1925—2012),美国诗人,自评为"严肃的浪漫主义者",诗歌多建立于对其个人生活经历的洞察,语言朴实克制,情感动人。
⑤ 查尔斯·赖特(Charles Wright, 生于 1935 年),美国桂冠诗人,曾获普利策奖、美国国家图书奖等。其诗抒情性强,想象丰富,题材多为自然、生与死、上帝等。
⑥ 詹姆斯·赖特(James Wright, 1927—1980),美国诗人,其诗主题多为哀伤、拯救、自我启示,诗歌中的自然与工业意象多提炼于他所生活的俄亥俄河谷,曾获普利策奖等奖项。

他们爱,被他们虐;是每一天死于孤独与伤害的孩子,是太阳底下颓丧蹒跚而行的男人。是动物、植物、飞鸟、昆虫和蜘蛛、蛙与响尾蛇、苔藓与地衣、岩石与石块,是这世间的苦难、世人以及我在其间行走的一生,是"再度引领我们通向世界的那些古老小径以及同样久远的旅程"。

2011 年 3 月

图书在版编目(CIP)数据

雷恩诗选/(加)帕特里克·雷恩著;
褐园,阿九译.--上海:华东师范大学出版社,2020
(荷马奖章桂冠诗人译丛)
ISBN 978-7-5760-0986-6

Ⅰ.①雷… Ⅱ.①帕… ②褐… ③阿… Ⅲ.①诗集—加拿大—现代 Ⅳ.①I711.25

中国版本图书馆 CIP 数据核字(2020)第 209704 号

华东师范大学出版社六点分社
企划人 倪为国

本书著作权、版式和装帧设计受世界版权公约和中华人民共和国著作权法保护

Selected Poems of Patrick Lane
by Patrick Lane
Copyright © Patrick Lane
Published in the Chinese language by arrangement with Lorna Jean Crozier
Simplified Chinese Translation Copyright © 2021 by East China Normal University Press Ltd
All rights reserved
上海市版权局著作权合同登记　　图字:09-2020-123 号

荷马奖章桂冠诗人译丛
雷恩诗选

著　者	[加]帕特里克·雷恩
译　者	褐园　阿九
校　对	赵四
责任编辑	倪为国　古冈
责任校对	王寅军
封面设计	夏艺堂
出版发行	华东师范大学出版社
社　址	上海市中山北路 3663 号　邮编　200062
网　址	www.ecnupress.com.cn
电　话	021-60821666　行政传真　021-62572105
客服电话	021-62865537　门市(邮购)电话　021-62869887
地　址	上海市中山北路 3663 号华东师范大学校内先锋路口
网　店	http://hdsdcbs.tmall.com
印刷者	上海盛隆印务有限公司
开　本	890×1240　1/32
插　页	1
印　张	9.25
版　次	2021 年 1 月第 1 版
印　次	2021 年 1 月第 1 次
书　号	ISBN 978-7-5760-0986-6
定　价	88.00 元
出版人	王焰

(如发现本版图书有印订质量问题,请寄回本社客服中心调换或电话 021-62865537 联系)